T0270336

Literatura infantil

Alejandro Zambra

Literatura infantil

Edición de Andrés Braithwaite

EDITORIAL ANAGRAMA
BARCELONA

Ilustración: © Liniers

Primera edición: *mayo 2023*

Diseño de la colección: Julio Vivas y Estudio A
© Alejandro Zambra, 2023
© EDITORIAL ANAGRAMA, S. A., 2023
   Pau Claris,172
   08037 Barcelona

Versiones preliminares de algunos de los textos aquí incluidos fueron publicadas en *Revista de la Universidad de México, Dossier, The New Yorker, The New York Times Magazine, The New York Review of Books, The Paris Review, Granta* y *McSweeney's.*

ISBN: 978-84-339-0516-1
Depósito legal: B. 255-2023

Printed in Spain

Liberdúplex, S. L. U., ctra. BV 2249, km 7,4 - Polígono Torrentfondo
08791 Sant Llorenç d'Hortons

Para la mamá de Silvestre
y para el hijo de Jazmina

Desde la infancia me ha gustado mirar mi habitación como desde la perspectiva de un pájaro.

BRUNO SCHULZ

No se nace escritor, se nace bebé.

HEBE UHART

I

0

Contigo en brazos, por primera vez aíslo, en la pared, la sombra que formamos juntos. Tienes veinte minutos de vida.

Tu madre cierra los párpados, pero no quiere dormir. Descansa los ojos nada más que unos segundos.

—A veces a los recién nacidos se les olvida respirar —nos dice una amable enfermera aguafiestas.

Me pregunto si lo dice así todos los días. Con las mismas palabras. Con el mismo aire prudente de advertencia triste.

Tu pequeño cuerpo respira, sí: incluso en la penumbra del hospital, tu respiración es visible. Pero yo quiero escucharla, escucharte, y me molesta mi propio resuello. Y mi ruidoso corazón me impide sentir el tuyo.

A lo largo de la noche, cada dos o tres minutos contengo el aliento para comprobar que respiras. Es una superstición tan sensata, la más sensata de todas: dejar de respirar para que un hijo respire.

1

Camino por el hospital como buscando las grietas del último terremoto. Pienso cosas horribles, pero igual consigo imaginar las cicatrices que alguna vez exhibirás orgulloso hacia el final del verano.

14

A tu breve vida de catorce días la palabra *infancia* le queda como poncho. Pero me gusta lo exagerada que suena. En inglés serías catorce días viejo.

25

Lloras y aparezco yo. Qué estafa. Quizás nuestros padres se tomaron demasiado en serio estos primeros rechazos.

No me prefieres, pero te acostumbras a mi compañía. Y yo me acostumbro a dormir cuando tú duermes. El ritmo del sueño intermitente me recuerda centenares de largos viajes dormitando en la micro al colegio o a la facultad, para asistir a clases en las que seguía dormitando. O esas deliciosas siestas furtivas que me permitieron sobrellevar la vida laboral.

De pronto tengo quince años y es medianoche y estudio algo que no sé si es Química o Álgebra o Fonología y no me quedan cigarros y es un problema porque en sueños fumo mucho. Me despiertan unos perros tímidos que inician su concierto de ladridos y el martilleo de un vecino que tal vez cuelga en la pared un retrato de su propio hijo y por eso no le importa despertar al mío.

Pero sigues durmiendo en mi pecho, hasta pareces aun más dormido, seriamente dormido. No tengo idea qué hora es. Y no me importa. Las once de la mañana, las tres de la tarde. Así pasan los días cansados pero felices, que se entremezclan con los días felices pero cansados y con los días felices pero felices.

31

El nacimiento de un hijo anuncia un amplio futuro del que no seremos totalmente parte. Julio Ramón Ribeyro lo resumió muy bien: «El diente que le sale es el que perdemos; el centímetro que aumenta, el que nos empequeñecemos; las luces que adquiere, las que en nosotros se extinguen; lo que aprende, lo que olvidamos; y el año que suma, el que se nos sustrae».

Es un pensamiento hermoso, cuyo sesgo turbulento, sin embargo, ha desquiciado a millones de hombres. Pienso en padres de otras generaciones, aunque es absurdo suponer que las cosas han cambiado. He conocido a hombres que ejercen la paternidad con lucidez, humor y humildad, pero también he visto a amigos queridos, que parecían tener el corazón bien puesto, alejarse de sus hijos para entregarse a la recuperación desesperada y caricaturesca de su juventud. Y también abundan quienes enfrentan la pulsión de la muerte agobiando a los niños a punta de misiones y decálogos, con la explícita o velada intención de prolongar a costa de ellos sus sueños interrumpidos.

Lo que me impresiona, en cualquier caso, es la ausencia casi absoluta de una tradición. Como todos los seres humanos —supongo— hemos nacido, sería natural que fuéramos especialistas en asuntos de crianza, pero resulta que

15

sabemos muy poco, en particular los hombres, que a veces nos parecemos a esos estudiantes risueños que llegan a clases sin siquiera saber que había examen. Mientras las mujeres les transmitían a sus hijas el asfixiante imperativo de la maternidad, nosotros crecimos consentidos y pajarones y hasta tarareando «Billie Jean». Nuestros padres intentaron, a su manera, enseñarnos a ser hombres, pero no nos enseñaron a ser padres. Y sus padres tampoco les enseñaron a ellos. Y así.

42

Durante tus primeras semanas de vida he escrito como cien poemas en el teléfono. No son poemas, en realidad, pero en el teléfono me sale más fácil pulsar *enter* que lidiar con los signos de puntuación.

Escribo en estado de apego, bajo tu influencia, persuadidos los dos por el embrujo de la mecedora, que funciona como una tímida montaña rusa, o como un incansable caballo generoso, o como el transbordador que por fin ha de llevarnos a Chiloé.

49

Esta mañana quise convertir los poemas falsos en poemas verdaderos, pero me temo que seguí de largo y terminé encaminándolos hacia el civilizado y legible país de la prosa. Los eché a perder, pero igual los copié todos, por si acaso, en un archivo que titulé «Literatura infantil». Ninguno de esos bocetos podría ser considerado literatura infantil. Aunque todos remiten a la infancia. La tuya incipiente y la mía lejana. Mi infancia o mi idea de la infancia a partir de tu llegada.

50

La palabra *infantil* suele ser usada como insulto, aunque la cantidad de palabras que no son insultos pero pueden cumplir esa función es casi ilimitada. Basta con trabajar un poco el tono.

Recuerdo a una niña muy dulce, hija de uno de mis mejores amigos, que una tarde se enojó con su muñeco favorito y estuvo como dos horas gritándole cruelmente, una y otra vez: «¡Peluche! ¡Eso eres, un peluche! ¡Te crees de verdad, pero eres un peluche, solo eso!».

A los quince años me irritaba que aludieran a mí mediante la palabra *joven*. No recuerdo si alguna vez fui llamado *adolescente*, pero lo habría odiado. En el estricto plano del lenguaje, *adolescente* es una palabra perfecta, pero entendida como insulto puede ser demoledora.

61

La literatura le ha cedido a la autoayuda casi todo el espacio reflexivo que la paternidad requiere. Pero en los libros de autoayuda no solemos encontrar más que consejos manidos y a veces hasta humillantes. Hace unos meses leí un voluminoso manual cuya recomendación estelar para los hombres era esta: «Be sensitive!».

Esta semana subiste los mismos cien gramos que yo debo haber bajado bailando contigo en brazos. El hijo engorda lo que su padre adelgaza. Es la dieta perfecta.

83

La expresión *literatura infantil* es condescendiente y ofensiva y a mí me parece también redundante, porque toda la literatura es, en el fondo, infantil. Por más que nos esforcemos en disimularlo, quienes nos dedicamos a escribir lo hacemos porque deseamos recuperar percepciones borradas por el presunto aprendizaje que nos volvió tan frecuentemente infelices. Enrique Lihn decía que nos entregamos a nuestra edad real como a una falsa evidencia.

Literatura infantil: me gusta lo que despierta la palabra *infancia* entremetida ahí. Pienso en Jorge Teillier, en Hebe Uhart, en Bruno Schulz, en Gabriela Mistral, en Jacques Prévert. Bueno, la lista de «autores infantiles» es interminable. Baudelaire definía la literatura como una «recuperación voluntaria de la infancia» —acabo de chequearlo y descubro que lo que definía de esa manera es «el genio artístico», no la literatura.

Igual prefiero quedarme con mi recuerdo erróneo y menos altisonante de esa teoría de Baudelaire. Me gusta ese énfasis; me gusta, sobre todo, su comparación entre artista, niño y convaleciente. Más que recordar o relatar, quien escribe intenta ver las cosas *como por primera vez*, es decir como un niño, o como un convaleciente que regresa de la enfermedad y en cierto modo de la muerte, y vuelve a aprender, por ejemplo, a caminar.

También la paternidad es una especie de convalecencia que nos permite aprenderlo todo de nuevo. Y ni siquiera sabíamos que habíamos estado gravemente enfermos. Acabamos de enterarnos.

96

Los padrastros empiezan perdiendo la ruidosa batalla de la legitimidad. Pero de pronto alguien va y dice: «Mi padrastro fue mi verdadero padre». Yo quiero escuchar esas historias.

Tal vez todos los padres somos, en el fondo, padrastros de nuestros hijos. La biología nos asegura un lugar en sus vidas, pero igual ansiamos que nos elijan como padres. Que alguna vez digan esta frase tan maravillosamente rara: *mi padre fue mi verdadero padre.*

101

De vuelta de la panadería a la que vamos juntos todas las mañanas:

—¿Y ese niño no tiene mamá? —me dice un hombre.

—Imbécil, imbécil —le respondo.

Yo solía ser bueno para devolver insultos, pero me sale esa palabra solamente. El mismo insulto, dos veces.

Es un hombre más o menos de mi edad, de traje elegante y ojos verdes y secos. No parece borracho.

Por un segundo pienso pedirle que me espere para ir a dejarte en tu cuna y volver enseguida a romperle la cara. Me molesta tanto pensar algo así. Me entristece, más bien. Me desmoraliza.

Qué clase de persona dice eso. Por qué, para qué.

Te dejo en brazos de tu madre.

Me voy a la cocina y me como una baguette entera pensando en insultos rudimentarios, despiadados, definitivos.

120

Mi padre se convirtió en padre a los veinticuatro años y yo a los cuarenta y dos. No dejo de pensar en eso. Es lo que toca.

Cuando tienes un hijo, vuelves a ser hijo. Pero la propia experiencia, domesticada por el tiempo y signada o condicionada por la idealización, la discordia o la ausencia, no es suficiente.

Quisieras recordar los días y las noches en que te cuidaban tal como ahora cuidas a tu hijo. Aunque quizás no te cuidaban tanto. Quizás te metían en el corral y te dejaban llorar y te embutían la mamadera. Y prendían la tele, y listo.

Nos comparamos con nuestros padres, a pesar de que –lo sabemos– ya no podríamos ser iguales a ellos ni esencialmente distintos de ellos. Y como los matamos a los veinte años, ya no podemos matarlos de nuevo; por eso mismo a veces terminamos resucitándolos.

147

Lloras cuando comprendes que tus pies no sirven para agarrar objetos. Pero luego descifras, asombrado, los dibujos de las sábanas. Y las imperfecciones de la cobija. Y las gotas de lluvia en la ventana. Tu madre imita los truenos y yo los relámpagos. Está todo bien.

Hay hombres a quienes la paternidad les pega demasiado fuerte. Es como si de la noche a la mañana, por el solo hecho de convertirse en padres, perdieran la capacidad de pronunciar cualquier frase sin mencionar alguna historia protagonizada por sus hijos, que más que sus hijos parecen sus líderes espirituales, pues para estos padres babosos hasta las anécdotas más anodinas poseen cierta hondura filosófica. Ese es, exactamente, mi caso.

Puedo imaginarme el desastre que habría sido para mí tener un hijo a los veinte años. Pertenezco a una generación que postergó la paternidad, o que la descartó de plano, o que la ejerció de otras maneras tanto o más difíciles, como la padrastría —una palabra que, según la Real Academia Española, no existe— y la adopción.

Ahora, a los cuarenta y dos años, la paternidad ha sido para mí una verdadera fiesta. Ya sabemos que hasta en las mejores fiestas hay momentos en que la euforia se entrevera con el desconcierto o con la ingrata noticia de que igual mañana hay que levantarse temprano y fregar los platos. Pero si tuviera que resumir estos ciento cincuenta y tantos días en una frase breve, mi telegrama diría esto: *lo estoy pasando muy bien.*

203

—¿Y por qué quisiste tener un hijo?

En estos pocos meses como quince personas se han permitido preguntarme eso.

—Lo que en realidad quiero es ser abuelo, este es solo el paso previo —respondo, por ejemplo.

O bien:

--Porque estaba harto de los gatos.

–Porque ya era hora.

–Por motivos personales.

–Porque estoy enamorado.

–Por curiosidad.

Me gusta particularmente esta última respuesta, tan delicada y banal. Acaso sería mejor hablar de curiosidad intelectual o de afán experimental. O apelar al deseo de aventura, a la prestigiosa sed de experiencias, a la necesidad de comprender la naturaleza humana. Pero me gusta más la respuesta sencilla, a lo Pandora.

Después de los chistes, sin embargo, sí respondo o trato de responder. Soy incapaz de articular un discurso exclusivamente racional, pero salir nada más del paso, con económico cinismo, sería colaborar con ese vacío de conocimiento que todos hemos sentido y padecido y que descorazona y aturde.

209

Durante siglos la literatura ha evitado el sentimentalismo como a una peste. Tengo la impresión de que hasta el día de hoy muchos escritores preferirían ser ignorados antes que correr el riesgo de ser considerados cursis o sensibleros. Y es verdad que, a la hora de escribir sobre nuestros hijos, la felicidad y la ternura desafían nuestra antigua y masculina idea de lo comunicable. ¿Qué hacer, entonces, con la satisfacción gozosa y necesariamente bobalicona de ver a un hijo ponerse de pie o comenzar a hablar? ¿Y qué clase de espejo es un hijo?

En la tradición literaria abundan las *cartas al padre*,

pero las *cartas al hijo* son más bien escasas. Los motivos son previsibles —machismo, egoísmo, pudor, adultocentrismo, negligencia, autocensura—, pero se me ocurre que también hay razones puramente literarias. Por lo pronto es más fácil omitir o relegar a los hijos, o comprenderlos como obstáculos para la escritura, esgrimirlos como excusa; ahora resulta que por culpa de ellos no hemos podido concentrarnos en nuestra laboriosa e imponente novela.

La infancia pervive en nosotros como un enigma intermitente, por lo general apenas atestiguado en álbumes de fotos, peluches transicionales o puñados de ágatas recogidas alguna tarde en la playa. Nadie escribió nuestra infancia, y quizás lamentamos esa ausencia de señales, pero también, de algún modo, la agradecemos, porque nos permite respirar, cambiar, rebelarnos. Imaginar lo que un hijo leerá en la obra propia es, por lo mismo, tan emocionante como abrumador. Narrar el mundo que un niño olvidará —convertirnos en los corresponsales de nuestros hijos— supone un reto enorme.

Yo mismo, mientras escribo, siento la tentación del silencio. Y sin embargo sé que incluso si me encerrara a bosquejar una novela acerca de campos magnéticos o improvisara un ensayo sobre la palabra *palabra*, terminaría hablando de mi hijo.

210

«No relates tus sueños, por favor, y ni se te ocurra hablar de niños o de mascotas», le dijo un laureado escritor a una amiga mía que quería escribir una novela sobre sus sueños y sobre su hija y sobre su gato. Yo más bien creo que habría que aceptar todos esos desafíos.

Me enorgullece que la primera palabra pronunciada por mi hijo, hace cinco días, haya sido, contra toda tendencia estadística, la palabra *papá*. Ahora la dice a cada rato. Todavía le cuesta, eso sí, articular la bilabial oclusiva sorda *p*, por lo que momentáneamente la reemplaza por la bilabial nasal sonora *m*.

226

Toda persona que haya criado un hijo sabe que en muchas ocasiones la palabra *felicidad* inexplicablemente rima con la palabra *lumbago*.

235

«Zambra, cuando vengan a Chile quiero ser el primero en conocer a tu hijo, aunque tú nunca has mostrado el mínimo interés en conocer a los míos.»

Eso me dice un querido amigo chileno. Es una broma. Es cierto que no conozco a ninguno de sus tres hijos, pero el más joven acaba de cumplir cuarenta años. Por lo demás, siempre hablamos de ellos. Estoy al tanto de sus vidas. Sé, por ejemplo, que la hija mayor no quiso ser madre, y que a los dos menores la paternidad les parece un disparate.

De pronto pienso en lo importante que han sido para mí esas largas conversaciones con mi amigo. Y se lo agradezco. «No le pongas color», me responde. «No quiero morirme sin ser abuelo», me dice luego. «No le pongas color», le respondo.

247

Como no soy inmune al optimismo, tiendo a pensar que hoy aceptamos que incluso los hijos propios son hijos ajenos y están destinados a entender el mundo según categorías que ni siquiera somos capaces de conjeturar. «Siempre esperándolos sin pedirles nunca que regresen», dice luminosamente Massimo Recalcati en su estupendo ensayo *El secreto del hijo*.

251

A lo lejos suena «Praying for Time», la hermosa canción de George Michael. Me acuerdo del tiempo en que la escuchaba y trataba de entender su devastadora letra con un minúsculo diccionario. Le agradezco al vecino este viaje involuntario a la difícil juventud. Ahora duermes tranquilo al compás de «Freedom!».

Yo no reclamo nunca por el volumen de la música. Prefiero ponerme a bailar. O a recordar. O a rezar. Me quejaría más bien del escándalo de las motos, pero van muy rápido.

No consigo entender que alguien proteste por el llanto de un niño. A las personas que reclaman por el llanto de los niños habría que dejarlas sin postre, sin televisión y sin recreo.

Iba a contentarme con el aforismo, pero quiero dejar registro de esa señorona que vino esta mañana a tocar la puerta porque llevabas dos minutos llorando. Tres golpes secos con la palma abierta. Finísima persona.

Nuestra idea del ascenso social es una casa con dos baños.

«Te equivocaste de género», me dijo una vez una editora italiana. Por un segundo me sentí el destinatario de un halago innovador, aunque entendía que más bien hablaba de géneros literarios, pues me había invitado a cenar con la intención de convencerme de que escribiera libros para niños.

Había pasado el día entero caminando por Roma sumido en una felicidad precisamente como de niño que por primera vez contempla carruseles, ruedas de la fortuna e inverosímiles toboganes descolgados de las nubes. A esa hora, sin embargo, las ocho o las nueve de la noche, un soberbio nebbiolo me había adormecido, y quizás por eso la editora sintió que debía exagerar su argumento, para nada halagador: *La literatura infantil le sienta mejor a tu estilo. Tus novelas son, para mi gusto, demasiado infantiles. Tus libros son libros ilustrados pero sin ilustraciones, hay que arreglar eso. No me gustan tus novelas. Tus libros infantiles serían muchísimo mejores. ¿Por qué escribes para adultos si deberías escribir para niños?*

A la mañana siguiente me llamó al hotel porque había despertado con la sensación de haber hablado de más. Le respondí que no. «Pero estoy segura de que dije cosas tontas», insistió, con la voz ralentizada por la resaca. «Todos decimos cosas tontas todo el tiempo», le respondí. «Tus novelas me parecen extraordinarias», me dijo, y aunque yo sabía que mentía, le aseguré que sus palabras me brindaban energía para seguir adelante. Me preguntó si finalmente estaba yo interesado en escribir para niños. Le respondí que aún no me sentía preparado para debutar en la literatura infantil.

Fue una situación rara y divertida. Ahora que pienso en la palabra *infantil*, me acuerdo de ella y considero la posibilidad de que haya tenido razón, de que tenga razón. En los años universitarios, mientras escribía mis trabajos de fin de semestre movido por el solo deseo de impresionar a mis profesores, empecé a percibir el riesgo de perder para siempre la posibilidad de conectarme con las personas que verdaderamente amaba. De ahí surgieron los rudimentos de un estilo. Más que apuntar a destinatarios concretos, al escribir visualizaba a una especie de inexistente hermano menor con quien ansiaba comunicarme. No diría que tengo un estilo, porque mi idea del estilo ha cambiado y seguirá cambiando, pero si tuviera que jugar ese juego la verdad es que suscribiría gustoso algo así como un estilo infantil.

269

Tu cuerpo liviano compite con el viento, prevalece en la hamaca detenida.

270

El cielo está repleto de chipes y papamoscas rojos. Encontramos un papayo gigante y un flamenco que maldice las lanchas tentativas.

Celebramos tus primeras palabras como periodistas deportivos henchidos de euforia nacional. Comemos patacones, pozole verde y helado de coco.

En el viaje de vuelta vomitas entera la guayabera oaxaqueña que me dieron en tu nombre para el Día del Padre.

271

Por la noche las cuijas fornican en el techo alumbradas por los fuegos de la bahía.

Hoy aprendiste a imitar el pregón del vendedor de bolillos.

279

Un curador de arte al que he visto cinco veces en mi vida pero que me considera su amigo íntimo me llamó a las dos de la mañana para contarme que estaba pensando en tener un hijo. «Quiero que mi vida cambie», dijo el mezcal a través de él.

Quizás sí es amigo mío, pensé. Y es verdad que me cae bien. Lo quiero. La primera prueba de mi cariño es que en lugar de mandarlo a la mierda reaccioné con cautela. La segunda es que he preferido atribuirle un oficio diferente, por si llegara a leer esto (no es curador de arte, aunque quizás debería serlo: lo haría bien).

Del mismo modo que es profundamente ingenuo tener un hijo suponiendo que la vida seguirá siendo tal como era, convertirse en padre con el solo propósito de inducir un cambio es una soberana estupidez. No se lo dije al curador de esa manera, justamente porque lo quiero. Pero se lo dije. Y lo entendió. Luego me ofrecí para que hiciera trabajo de campo: le propuse que viniera a almorzar y que pasáramos toda la tarde con mi hijo.

Los hombres construimos una cierta idea de compañerismo a partir de las borracheras memorables que nos llevaron a un emocionante callejón sin salida de confesiones y complicidades. Pero nos conocemos más intensamente cuando pasamos una tarde entera con un amigo que ahora es padre y que nos recibe encantado y habla de cualquier cosa, no necesariamente de paternidad, pero ya no nos mira a los ojos, pues tiene la vista fija en ese niño que en cualquier momento puede lanzarse a caminar y sacarse la chucha.

280

Tal como esperaba, el curador de arte no llegó. Me llamó varias horas después para disculparse. Dijo que tenía mucho trabajo y que no me preocupara, porque ya había superado la crisis: ahora estaba soltero. No supe qué responderle. Felicitaciones, le dije al final.

292

Cambio la letra y la melodía de las mejores canciones de cuna mientras lavo los platos con una técnica nueva.

–No se puede entrar con líquidos –me dijo un señor en la librería Educal, sucursal Museo Nacional de Culturas Populares, en Coyoacán.

–¿Y qué cree que llevo en la mamila-mamadera-biberón? –le respondí, contigo dormido en el canguro–. ¿Mezcal? ¿Ajenjo? ¿Anís? ¿Pisco, ron, ginebra, sake, tequila, bacanora, aguardiente, vodka? ¿Alcohol de quemar?

No es cierto, solo hablé de mezcal. Perfecciono mi respuesta ahora que la escribo. Lo de nombrar la mamila con sinónimos sí lo hago a veces, de nervioso. Ante la posibilidad de equivocarme de palabra, las lanzo todas.

–No importa el contenido.

–¡Es agua!

–A eso me refiero, el agua es un líquido.

–¿Y si fuera leche materna?

–Tengo entendido que la leche materna también es un líquido.

Era difícil no ironizar. «Tengo entendido que la leche materna también es un líquido.» Me gustaría hacer una película solamente para que en una escena muy secundaria un personaje luciera una camiseta con esa leyenda, ojalá en inglés.

Estaba enojado, pero la situación me divertía. Y tú dormías tranquilo y abrigado. Pedí hablar con el jefe, como en las películas. Y, como en las películas, el jefe apareció de inmediato. Me confirmó las políticas de la librería. Dijo que no podíamos entrar con recipientes con líquidos, «sin importar la naturaleza de estos». Le pregunté si se refería a la naturaleza de los recipientes o de los líquidos. No me contestó.

Le pregunté si eso significaba que a esa librería, perteneciente al Estado mexicano, estaba prohibido el ingreso de niños de diez meses. Me dijo que los niños de diez meses y de todas las edades eran bienvenidos en esa y en todas las librerías de los Estados Unidos Mexicanos y que justamente por eso había una sección de libros para infantes (esa palabra usó, *infantes*). Le pregunté si en esa librería había dispensadores de agua o algo así. Me dijo que no. Le dije que en mi país era habitual tomar agua de la llave, pero que en México todo el mundo lo desaconsejaba. No realizó comentarios. Le pregunté si él tomaba agua de la llave. Le pregunté si tenía hijos. Me respondió que esas eran preguntas demasiado personales. El subordinado miraba a su jefe como sacando conclusiones alegres.

De improviso, en un rapto de inspiración, se me ocurrió tratar al jefazo como tratan en las películas a los galanes que se pasan de listos: en un solo gesto rápido y glorioso, destapé tu mamila y arrojé el líquido justo en la rutilante calva del susodicho —no, hijo, por supuesto que no hice eso, no me faltaron ganas, pero mi apremiante sed de venganza me importaba muchísimo menos que tu sed de agua.

321

«El pasado es un prólogo.» No sé si estoy de acuerdo con ese personaje de *La tempestad*. Bueno, sí. Reescribo ese prólogo, pues, al contagioso ritmo de la mecedora.

352

Despiertas en mi pecho e intentas peinarme con ambas manos.

364

Un hijo con su padre comparten la tumbona e inventan unas nubes menos serias.

365

Empezabas a existir
hace un año exactamente
que llegaste de repente
acababas de salir
no sabías sonreír
con hermosa seriedad
te perdiste de verdad
en los ojos de tu madre
fue a las cinco de la tarde
en esta misma ciudad.

No fue fácil tu llegada
un doctor medio patito
—nunca fue mi favorito—
se mandó varias cagadas
y no mucho lo ayudaba
la enfermera cuica y fresa
pero tu abuela Teresa
con tesonera alegría

nos regaló compañía
para lograr la proeza.

Nunca vamos a olvidar
la belleza de tu rostro
mientras tomabas calostro
eras un barco en el mar
que reconoce el lugar
al que se acerca y regresa
ahora ponemos la mesa
en la casa de tu tía
y evocamos ese día
con pasteles y cervezas.

Todo empieza con tu llanto
que duró cuatro segundos
te caía bien el mundo
te arrullamos mientras tanto
balbuceabas como un canto
te gustaba este planeta
porque tu mirada inquieta
a las seis de la mañana
prefería las ventanas
y te encantan las maletas.

Las canciones de Marisa
y las fotos de Toumani
—que es el primo de tu mami—
feligreses de esta misa
son testigos de tu risa
Óscar, Paula y Margarita
Héctor, Adolphe y Lupita
con el John y la Joanna

—y mis padres y mi hermana
que faltaron a esta cita.

Yo sé que uno no recuerda
los primeros cumpleaños
son como un pasado extraño
una melodía externa
una noche sin linterna
de caballos y piñatas
de tamarindo y horchata
pero por ti mejoramos
y eso es lo que celebramos
sin cesar y sin corbata.

Tu existencia modifica
el lugar de lo sagrado
tu llegada ha regresado
la esperanza la fabrica
la valentía triplica:
niño, guagua, cabro, cuate,
si te tinca, si te late,
yo te llevo en el canguro
por el resto del futuro
mi precioso chilpayate.

JENNIFER ZAMBRA

Si hubiera nacido mujer, me habrían llamado Jennifer Zambra. Estaba decidido. Fue casi lo primero que le conté a tu madre, coqueteando en un *diner* de Prospect Heights. En realidad partimos hablando de árboles y migrañas. Y lamentamos la muerte de Oliver Sacks como si se tratara de un familiar o de un amigo en común.

Como capitanes en el centro de la cancha, o como embajadores tímidos de países exóticos, intercambiamos libros de Emmanuel Bove y de Tamara Kamenszain. Durante los primeros minutos no era fácil combatir los nervios, así que leímos apasionadamente los menús, parecía que buscábamos erratas. Y luego pelamos confusos amoríos ajenos que quizás eran propios.

Hasta que por fin nos miramos a los ojos sin demasiadas precauciones. Fue un ruidoso minuto entero de antiguo silencio heterosexual. Arreciaron las confesiones súbitas y la placentera enumeración de filias y fobias. Y esas frases ambiguas que suenan a promesas.

No sé cómo se me ocurrió preguntarle a tu madre su nombre masculino alternativo. Había algún contexto, pero no lo recuerdo. Fue una mala jugada, ahora que lo pienso, tal vez la peor. Por suerte a tu madre la pregunta no le pareció tan rara. Recuerdo que se arregló innecesariamente el pelo, como para dibujarse la sonrisa a la pasada.

–Tú primero –me dijo sabiamente.

Así que me vi de pronto hablando de Jennifer Zambra. En algún momento de la infancia avivé el resentimiento pensando en ese nombre extranjero, inspirado por quién sabe cuál actriz. Mis padres lo eligieron para mí sin calcular que me habría condenado a toda clase de burlas.

Pero me fui encariñando con la escena de mis padres en un departamento de la Villa Portales, de pronto seducidos por el soberbio tintineo de ese nombre fantástico. Acaso mi hermana, entonces de dos años, alcanzó a pronunciar el nombre de su posible sucesora.

Los apellidos son prosa, los nombres poesía. Hay quienes se pasan la vida leyendo la novela irremediable del apellido. Pero en el nombre laten caprichos, intenciones, prejuicios, contingencias, emociones. Y suele ser la única obra que la madre y el padre escriben juntos.

De manera que para su eventual hijo varón mis padres escribieron un poema convencional, que no brillaría ni desluciría en ninguna antología, y para su posible hija mujer otro más atrevido, rupturista y polémico. Un nombre que jugaba con los límites.

Ya en la adolescencia solía pensar en la difícil o solitaria o escandalosa vida de Jennifer Zambra. Y hasta soñaba con ella. La veía jugando frontón en el patio de un liceo vacío. O aburrida como ostra en la Misa de Gallo. O trenzando triunfalmente su espectacular cabellera azabache después de arrancar de todo el mundo.

Pasaba horas decidiendo con cuáles de mis amigos Jennifer Zambra se acostaría y a cuáles preferiría como amigos nomás. Y hasta traté de enamorarme doblemente –en la no y en la sí ficción– de un compañero de curso. Y tal vez lo logré.

Pero también era habitual que me olvidara de ella. O que fingiera que la olvidaba. O que derechamente la negara. Y hasta hubo ocasiones en que me burlé de Jennifer Zambra. Delante de todos y de todas. Me reí de su nombre, de su manera de vestirse, de maquillarse. Recité a voz en cuello fragmentos vergonzosos de su diario de vida únicamente para ponerla en ridículo. Y eso que su diario de vida lo escribía yo.

Qué tontería. Cuesta hacer conversar a las personas que llevamos dentro. Pero se puede. Castigamos la ficción, castigamos los chistes, castigamos los sueños, castigamos la música, castigamos a los personajes con quienes hemos convivido desde siempre. Y al final comprendemos que no somos películas de misterio, somos misterio.

De todo esto conversé con tu madre esa tarde en el *diner*. Debería haber sentido antes el minucioso pánico de estar hablando demasiado. Por suerte el mesero nos interrumpió, aparentemente quería saber si estábamos bien. Luego tu madre fue al baño y miró su teléfono y nos interrumpió también el mundo con alguna noticia urgente que no recuerdo pero que alteró ligeramente el guión.

–Te toca –le dije pensando que había olvidado mi pregunta.

–Si sé –me respondió.

Fue entonces cuando tu madre pronunció tu nombre, el nombre que ahora es solo tuyo, pero que habría sido el de ella si hubiera sido XY.

–Mis padres estaban tan convencidos de que saldría hombre que ni siquiera pensaron en una lista corta de nombres de mujer –dijo tu madre, como parodiando la pose de una heroína romántica–. Conmigo tuvieron que improvisar, tuvieron que inventarme un nombre a la rápida.

Mientras tu madre le entraba a sus tostadas con canela, yo me concentré en ese nombre que ahora es solo tuyo: en su resonancia, en su belleza. Me gusta tanto pensar que ya nos rondabas en esa cita casi a ciegas. Estoy seguro de que andabas por ahí, agazapado. Postulando a la vida desde el primerísimo flirteo. Dichoso de llenar el formulario.

–Así podría llamarse un hijo tuyo –le dije a tu madre después de una pausa no sé si muy larga o brevísima–. Y así podría llamarse un hijo mío.

Esa segunda frase estuvo de más, quizás también la primera. Porque hay códigos, pues. Tu madre me miró como rogándome que dejara de hablar. Y no fue fácil, dije algunas frases más, pero al final conseguí quedarme callado.

–Podemos caminar al metro –dijo ella enseguida.

No era una pregunta ni una invitación, sino un pensamiento en voz alta. Esperamos la cuenta, la pagamos, en fin, todas esas acciones sucedieron, pero no recuerdo más que la sensación amarga de haber arruinado una tarde espléndida.

–Eres bien intenso –me dijo ya casi al llegar al metro.

No parecía una buena evaluación: dos estrellas de cinco, a lo sumo tres. No supe qué responderle. Siempre tuve este problema crónico del entusiasmo. Eso debí responderle. Pero ella sonreía y me tomó del brazo unos segundos, como apoyándose en mí.

–Me gustaría ser amiga de Jennifer Zambra –me dijo antes de despedirse–. Me late que vamos a ser muy amigas. Más que amigas.

Nos abrazamos, ella bajó al metro muerta de la risa, yo me quedé un rato largo mirando a la multitud. Acababa de oscurecer, el calor amainaba, era una noche perfecta para caminar durante horas. La historia sigue, claro, y se pone cada vez mejor. Después te la cuento bien.

TEONANÁCATL

Teonanácatl: así llamaban los mexicas al hongo que ahora se conoce como *pajarito*. Mi amigo Emilio me lo recomendó para el tratamiento de la migraña en racimos, y él mismo me consiguió una generosa dosis en forma de chocolate; atesoré las tabletas en el refri, a la resignada espera de los primeros síntomas, aunque a veces candorosamente imaginaba que la sola presencia de la droga ahuyentaría la enfermedad. Por desgracia el racimo se desató pronto, justo el día en que habíamos organizado un curso de primeros auxilios. Mejor lo explico bien: después de asistir a una tediosa y rústica introducción a los primeros auxilios, Jazmina y yo convocamos a otras madres y a otros padres debutantes y hasta nos conseguimos la espaciosa casa de al lado para que una doctora dictara un curso alternativo de cuatro horas. Pero la mañana o más bien la madrugada del día señalado, como digo, desperté con ese dolor intenso en el nervio trigémino que es la señal inequívoca del despunte de la enfermedad. Mi esposa me propuso que me olvidara del curso y me quedara en la casa tomando pajarito.

A las cuatro de la tarde, Jazmina y el niño se fueron y yo me zampé la primera tableta, dispuesto a un viaje breve, funcional. El chocolate era delicioso y ahora pienso que eso también influyó en mi decisión de comer, después de una impaciente espera de veinte minutos, una segunda tableta. Esta vez el efecto fue casi instantáneo: sentí que unas manos entraban directamente en mi cabeza y apagaban el dolor como quien reordena un par de cables o digita con destreza la clave de una caja fuerte. Fue una sensación placentera y gloriosa.

No quiero abundar en la clase de pesares que me ha deparado la migraña en racimos a lo largo de más de veinte años. Basta decir que regresa aproximadamente cada dieciocho meses y que su corrosiva compañía dura entre noventa y ciento veinte días, durante los cuales la idea de cortarme la cabeza llega a parecerme razonable y económica. Ocasionalmente algunos remedios me permitieron mitigar el dolor, pero ninguno surtió el efecto milagroso del pajarito. El teonanácatl –debí decir antes que la palabra significa «carne de dios»– acababa de limpiarme radicalmente. Por supuesto persistía el riesgo de que el dolor reapareciera, pero de algún modo sabía que no, que estaría a salvo por un tiempo largo (once semanas, al día de hoy).

Acaso la felicidad de la salud repentina me trajo a la memoria unos versos de Silvio Rodríguez que no escuchaba desde hacía años: «La canción es la amiga / que me arropa y después me desabriga». Canté a todo chancho. Solo recordaba el comienzo de la canción, pero inventé el resto con desenvoltura, como si tuviera que persuadir a todo un auditorio de que me sabía la letra. Más o menos entonces, quizás en paralelo al idilio musical, me entró la convicción de que Emilio era mi hijo. Me costó aceptar la formulación de ese pensamiento, pero la asociación era de lo más natural: mi amigo no padece migraña en racimos, pero creció viendo a su padre, el escritor Francisco Hinojosa, luchar durante décadas –con magros resultados– contra la enfermedad. Del mismo modo, si yo no conseguía curarme, pensé, mi hijo acabaría familiarizándose con mis temporadas migrañosas. Sentí una tristeza ligera, como de bossa nova. Pensé que Emilio era generoso, como sería Silvestre dentro de unos años. Imaginé a mi hijo a los veinte hablando con algún amigo sobre los racimos de su padre. Visualicé a Emilio, o más bien me enfoqué en la cara de Emilio, específicamente en su frondosa barba: primero lenta, realista, minuciosamente, con una máquina eléctrica, y enseguida con mucha espuma y una estupenda navaja, lo afeité. Y hasta le puse after shave. Quise escribirle. Le escribí:

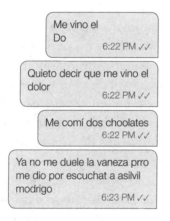

Me vino el
Do
6:22 PM ✓✓

Quieto decir que me vino el
dolor
6:22 PM ✓✓

Me comí dos choolates
6:22 PM ✓✓

Ya no me duele la vaneza prro
me dio por escuchat a asilvil
modrigo
6:23 PM ✓✓

En rigor no había escuchado a Silvio Rodríguez, sino mi propia voz cantando una canción suya, pero así lo pensé al redactar el mensaje.

Luego sonó el timbre varias veces. Sé de gente que piensa que tocar el timbre en ráfagas es una costumbre simpática, pero no es mi caso. Al asomarme a la ventana, mi molestia se convirtió en desconcierto, porque abajo estaba Yuri. Digo: la cantante Yuri. Quien acababa de tocar el

43

timbre de esa manera idiota era la cantante Yuri, que al verme asomado a la ventana del segundo piso me gritó: «¡No tengo lana para el taxi y este cabrón está esperando!». Empinada en unos tacones que bien podían pasar por zancos, Yuri me pareció enfática, valiente y admirable. Volvió a gritarme o a pedirme dinero, con autoridad. Yo tenía un billete de quinientos, demasiada plata para un taxi, pero se lo lancé por la ventana. Lo recogió con destreza, el conductor le pasó un vuelto que ella guardó jovialmente en su bolso y se fue sin despedirse.

No recuerdo haber pensado que la presencia de Yuri fuera una alucinación. No recuerdo haber dudado de su identidad. ¿Por qué estaba tan seguro —y lo sigo estando— de que esa chaparrita pedigüeña era la cantante Yuri? Sí pensé, mientras caminaba hacia la pieza (nuestro departamento es muy chico, pero mi sensación del espacio había cambiado), que Yuri tenía un marido chileno y evangélico y que a ojos mexicanos tal vez él y yo nos parecíamos. Sin duda tengo cara de chileno, pero quizás también tengo cara de evangélico, de chileno evangélico, pensé. Recién entonces caí en la cuenta de que estaba drogado. De un cierto pasmo pasé a unas risotadas medio falsas, diplomáticas: tal vez reía solo para probar que era capaz de articular una risa. Como alguien que sale de una larga reunión en una ciudad desconocida y calcula que le sobran unas horas para tomar un café y echar un vistazo, quise aprovechar ese viaje, o más bien me sentí obligado a querer aprovecharlo. Pero como mi propósito de consumo había sido tristemente terapéutico, no estaba preparado para el disfrute. En un rapto de esnobismo, pensé escribir algo en modo lisérgico. También quise leer, tenía en el velador unos cuantos libros, pero no era fácil con los ojos nublados. Busqué, a esforzados manotazos, sin éxito, los anteojos. Le mandé un nuevo mensaje a Emilio, en busca de consejo o de mera atención:

Quería decir que el efecto era similar al de la marihuana, aunque no estoy seguro de que haya sido así ni de que lo sintiera así. Era más una frase para hacer conversación. Emilio me llamó y al escuchar la versión volada de mi voz se rió pero también se alarmó muchísimo. Me dijo que para apagar el dolor hubiera bastado media tableta. Le dije que lo había afeitado, pero no me entendió o quizás pensó que hablaba con demasiados chilenismos. Me preguntó dónde estaban Jazmina y el niño. Le dije que en un curso de primeros auxilios y reaccionó con incredulidad porque pensó o entendió que, al verme en ese estado, mi esposa había decidido participar en un curso de primeros auxilios. Sonaba a una reacción ilógica o extraordinariamente lenta: algo así como enfrentar un terremoto leyendo un estudio sobre terremotos. Le expliqué la situación, se tranquilizó. Le dije que tenía hambre y que pediría algo por Uber Eats. Me dijo que lo llamara por cualquier cosa.

De cara al inminente bajón de hambre, pedí comida a destajo. La orden incluía tacos de pastor, de costilla, de chorizo y de chuleta, volcanes de bistec y de cecina enchilada, una tarta de higo y tres vasos extra large de agua de horchata. Me entretuve mirando el mapa de Uber en el teléfono, la minúscula bicicleta de Rigoberto avanzaba con inusual rapidez. Supongo que yo esperaba que avanzara muy lento y el desplazamiento me pareció menos lento y entonces traduje eso como rapidez. Y de un momento a otro esa rapidez se me hizo alarmante. Pensé: Rigoberto se va a matar, e imaginé a centenares de ciclistas cruzando estoicamente la Ciudad de México con sus mochilas de Uber Eats o de Rappi o de Cornershop y sentí una especie de brumoso escalofrío.

Sonó el timbre, fue un toquecito breve y prudente. No me creía capaz de bajar la escalera. Me senté en un peldaño y concebí el plan brillante de bajarla así, de potito. Después de un lapso de tal vez media hora llegué al último peldaño, y me aferré a la pared escrupulosamente, como un aprendiz de hombre araña; cuando conseguí llegar a la puerta del edificio, Rigoberto ya se había ido. Luego supe que me había llamado, y yo llevaba el teléfono en el bolsillo pero ni lo escuché ni sentí la vibración. Subí la escalera en el mismo estilo inelegante pero seguro. La niebla avanzaba en mis ojos, me sentía como en medio de un cúmulo. Quise buscar de nuevo los lentes, pero simplemente no era capaz. Entonces descubrí que los tenía puestos. Durante todo ese tiempo había llevado puestos los anteojos. Al quitármelos comprobé que veía bien o tan bien como el astigmatismo y la miopía habitualmente me lo permiten. Me arrastré a la cocina y me comí todo lo que pude: unas láminas de queso cheddar ya medio tiesas, un montón de galletas de arroz, varios ansiosos puñados de avena cruda, tres plátanos chiapas y dos dominicos y decenas de tenaces pero deliciosos pistachos.

Cuando logré regresar a la pieza, ya medio desesperado, pensé en *Octodad*, ese angustioso y kafkiano videojuego en que un pulpo intenta coordinar sus tentáculos para realizar actividades humanas. Lo jugué solamente una vez, pero no he olvidado lo difícil que era para Octodad, por ejemplo, servirse el café o cortar el pasto o hacer la compra del supermercado. Me eché en el suelo como una bola de lana pensando en Silvestre y deseé que alguien me agarrara de las manos y *me caminara* hasta él. Pensé en mi hijo aprendiendo a gatear.

«Hay niños que no gatean»: surgió esa frase en mi cabeza, en la voz de algún amigo. «Hay niños que pasan a caminar directamente.» Los especialistas insisten en las ventajas del gateo para el desarrollo neurológico, pero también hay gente que dice que exageran. Recordé la historia de una profesora universitaria de impecable trayectoria que recibió a una estudiante gateando. Quiero decir: gateando abrió la puerta, gateando acompañó al living a su invitada, gateando fue a buscarle el vaso de agua que le ofreció, y solo después de unas cuantas frases rutinarias –proferidas a gatas– la profesora le explicó a su atónita estudiante, con total seriedad, que había decidido gatear durante tres días, porque de niña no lo había hecho y quería remediar de una vez por todas esa desventaja. Jazmina y yo nos habíamos partido de la risa con esa historia, que ahora me parecía tristísima o seria o enigmática.

Decidí, sin más, intentar el gateo. Conseguí afirmar los codos pero no las rodillas y luego las rodillas pero no los codos. Eso sucedió varias veces. Luego di unas vueltas en el suelo, como evocando unas dunas. Me puse de espaldas y logré arrastrarme con los talones, en una suerte de gateo inverso. Volví a ponerme de guata, intenté el punta y codo, pero no avanzaba: una babosa me habría vencido en los cien milímetros planos. Entonces concluí que nunca había gateado. Hacía poco se lo había preguntado a mi

47

mamá, por teléfono. «Seguramente sí, todos los niños gatean», me dijo. Me molestó que no lo recordara. Recordaba que aprendí a hablar muy pronto (lo dijo como refiriéndose a una especie de enfermedad) y que caminé antes del año, pero no se acordaba del gateo. «Seguramente sí, todos los niños gatean», me dijo, pero no, mamá: no todos los niños gatean. Pensé: el gateo es, en sí mismo, fascinante, pero no gatear también lo es; levantarse de repente, a lo Lázaro, y simplemente caminar, con espontánea fluidez, sin la mediación de un aprendizaje visible. Caminar sin haber gateado es un triunfo admirable de la teoría. Luego seguí alguna deriva y me vi analizando, rigurosamente, la canción «La cucaracha», que parecía revelarme algo sobre mí mismo o sobre Silvestre o sobre la paternidad o sobre la vida en general; algo imposible de relatar, pero cierto, definido y hasta mensurable. Pensé en Silvestre a los ochenta años. Pensé, con incontestable tristeza: «No estaré presente en el cumpleaños ochenta de mi propio hijo, porque entonces tendré...», pero no fui capaz de sumar ochenta más cuarenta y tres. Pensé en el final de *The Catcher in the Rye*. Pensé en un relato de Juan Emar. Pensé en estos versos hermosos de Gabriela Mistral: «La bailarina ahora está danzando / la danza del perder cuanto tenía».

Pasaba de una imagen a otra con la velocidad de quien lee solo las primeras frases de los párrafos. Quería quedarme dormido, invocaba el sueño pero con ambos pies en la vigilia. Luego vino un momento atroz en que oí que me llamaban, que debía salir corriendo a la casa de al lado, que me necesitaban, y me sentía completamente inútil, era completamente inútil. Me vi como un edificio con los vidrios apedreados. Me vi como una desinflada pelota de yoga. Me vi como un caracol gigante salivando el piso donde todos resbalarían. Volví a escuchar o a imaginar que escuchaba las voces de mi esposa y de mi hijo llamándome, y con un resto suplementario, casi heroico, de energía, pude ponerme de pie y alcancé a dar dos pasos antes de sacarme la chucha.

Me quedé en el piso, adolorido. Cerré los ojos varios minutos. No tenía sueño pero sabía que conservaba la capacidad de dormir. Lo conseguí. Lo siguiente que recuerdo es que me sentía mejor. Más bien: creía sentirme mejor, pero también desconfiaba de mis sensaciones, por lo que fui tentativamente inventariando o despertando mis sentidos. Me atreví a un prudente gateo timidón. Me dolían mucho las rodillas, lo que, quizás por mi formación católica, interpreté como una señal positiva. Llegué al living, me quedé en cuatro patas mirando las plantas. Unas hormigas preciosas, las más negras y brillantes y bailadoras en la historia de la humanidad, iban y venían por un caminito que empezaba en un surco de la ventana y terminaba en la cima de una maceta. Las miré intensamente: las absorbí, las disfruté. Algo les dije, más de algo, no lo recuerdo. Me concentré luego en las plantas. Las llamé por sus nombres: Suculenta, Bromelia, Rosa-Laurel.

Le escribí a Jazmina este mensaje, me sentía mejor:

49

En algún momento descubrí que había oscurecido y que podía desplazarme con cierta normalidad. El curso de primeros auxilios debía estar por terminar o quizás ya había terminado. Consideré la posibilidad de no hacer nada. Casi nunca considero esa posibilidad. Opté por emprender varios viajecitos de la cama al living (no pensé, entonces, en la canción de Charly García), ensayando mi periplo a la casa de al lado. Fueron muchos viajes, a juzgar por la hora del siguiente mensaje, que le envié a Jazmina inmediatamente antes de salir a la calle:

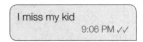

I miss my kid
9:06 PM ✓✓

Cuando por fin estuve seguro de que no me desplomaría, recibí el aire fresco de la noche como una bendición. Idealizaba la escena inminente: anticipaba o mejor dicho previsualizaba con ansiedad a Jazmina y Silvestre; imaginaba que coincidían, que volvían a ser una misma persona. Pero lo primero que vi al abrir la puerta fue desconcertante: un grupo de adultos gateando. Por el segundo de un segundo pensé que estaba todavía en medio del viaje o que también ellos habían tomado pajarito o que el curso no era de primeros auxilios sino de gateo. Una de las gateadoras, quizás la más empeñosa, era Jazmina. Al verme se levantó, me dio un abrazo y me explicó que el curso había terminado pero que llevaban como una hora buscando el celular de la doctora. Recuperé el aliento o el humor, que son más o menos lo mismo. Silvestre dormía. Le di un beso en la frente y quise tomarlo en brazos, pero me contuve, por las dudas, y me sumé con arrojo y ambición al grupo de los gateadores («esto sí puedo hacerlo bien», pensé), movido por el deseo, medio competitivo o reivindicativo, de ser yo quien encontrara el celular de la doctora. Debajo de la mesa estaba mi amigo Frank, que lucía aburrido o compungido. Me dijo, en inglés, para que nadie entendiera –aunque creo que todos los presentes entendían inglés–, que la doctora estaba exagerando. La doctora se veía, en efecto, demasiado abatida: gateaba como una guagua buscando su más preciada sonaja. Se puso de pie, se apoyó en un ventanal en pose melancólica. Miraba al techo y movía la cabeza como quien intenta, por enésima vez, recordar un nombre o una dirección o un rezo. La escena se me hizo larguísima, insoportable, como veinte minutos de la doctora viviendo el duelo del celular perdido.

Me habían recomendado tomar leche helada para cortar el viaje, pero en ese momento creí que la doctora lo necesitaba más que yo. Me aceptó el vaso con cierta perplejidad. Sobrevino el desenlace obvio, tajante, chapucero: Frank había guardado sin querer, en el fondo de una pañalera, el famoso celular. Mi amigo le sonrió a la doctora con culposa picardía, pero ella no correspondió: bebió solemne, profesionalmente su vaso de leche, y se fue. Todos nos fuimos.

Tomé al niño en brazos y lo arrullé tarareando una versión muy rápida de «Maldita primavera». Jazmina reía y bostezaba. Caminamos a paso firme, con la avidez y la alegría de quienes vuelven a casa después de un largo periodo en otro país. El niño dormía plácidamente cuando le dije, con los ojos, que no gateara nunca, que no caminara nunca, que no era necesario: que yo podía llevarlo en brazos toda la vida.

BUENOS DÍAS, NOCHE

I

Es de noche pero ya desperté
–lo dices en tono noticioso
así que pongo la radio
y durante unos minutos miramos
las momentáneas banquetas heladas
y el punto de fuga entre el cableado
de los postes

buenos días, noche –dices
yo suelto una carcajada
que es también un bostezo
acepto el nuevo día
y te cambio de pañal
con anónima destreza

mientras preparo el desayuno
pareces absorto en un rompecabezas invisible
pero cuando vuelvo con la avena
y la mitad de un mango

en forma de caparazón
descubro que duermes
con la boca entreabierta
esquinado en el sofá
impasible como un gato en la barda

me siento a tu lado
y bebo medio litro de café
esperando que amanezca.

II

Y caminó y caminó
hasta que un día llegó
a la cocina

y caminó y caminó
hasta que un día llegó
al baño

y caminó y caminó
hasta que un día llegó
a la cama

y se quedó dormido
y al mirar sus párpados
vibrar a todo sueño

parecía que seguía caminando
y saltaba más alto que más alto
y crecía más grande que más grande.

III

El día de tu cumpleaños número dos
no quisiste pegarle a tu propia piñata
gracias papá pero pégale tú –me dijiste

y moviste la mano derecha
al ritmo contagioso del *dale dale dale*
                        no pierdas el tino
                        porque si lo pierdes
                        pierdes el camino

estoy tocando una campana –me dijiste
no puedo pegarle a la piñata
porque tengo la mano ocupada
tocando una campana

te dije que podías pegarle a la piñata
con la mano derecha
y seguir tocando
esa campana imaginaria
con la mano izquierda
y me miraste como diciendo no
eso no es posible
no tiene sentido.

FRANCÉS PARA PRINCIPIANTES

Quieres el libro del topo, que últimamente lees con tu madre todo el tiempo, pero está en francés, una lengua que conozco mal −«sí sabes francés, papá», me dices para infundirme confianza. Esperaba que reclamaras, incluso que lloraras, pero me hablas como si fueras tú el padre y yo un muchacho temeroso de subir al escenario. Busco en tus repisas ese libro rectangular y escurridizo con la esperanza de no encontrarlo, pero lo encuentro al tiro. Pienso en inventar que no lo encuentro, pero no quiero mentirte −no quiero mentirte y a la vez quiero que creas, que sigas creyendo, que sé francés, o quizás lo que quiero es que, milagrosamente, por el solo hecho de desear leerte ese libro, surja en mi cabeza un conocimiento previo y sólido de la lengua francesa. Porque quiero leértelo bien, sin omisiones ni vacilaciones. Quiero que haya música. Lo primero que hacemos cada mañana es escuchar música y bailar. Y cuando nos echamos a leer en el sofá, quiero que la literatura sea una prolongación natural de la música, otra forma de música.

Es un cuento genial, que además sintoniza con tu reciente pasión escatológica: el topo ha recibido un mojón en la cabeza y en lugar de limpiarse decide usarlo como evidencia para hallar al culpable, así que va donde la paloma luciendo el bollo a manera de copete o corona. La paloma alega inocencia y produce en el acto un espontáneo excremento que no se parece en nada al mojón que el protagonista lleva en la cabeza. El pobre topo enfrenta con valentía y dignidad a los demás sospechosos, pero también la liebre, la cabra, la vaca y el cerdo producen sendas muestras fecales que funcionan como irrebatibles coartadas, así que no le queda más remedio que consultar la opinión especializada de unas moscas que se posan en la caca/corona y concluyen que sin lugar a dudas...

El final ya lo conoces. Los finales, para ti, no están vinculados a una clausura, no representan la meta sino una posición intermedia, como cuando un velocista entera el circuito pero faltan aún varias vueltas para que la carrera termine. Y así también funciona, en realidad, la literatura de los adultos, aunque solemos ignorarlo; solemos rendirnos a la superstición del final, del desenlace, porque a veces necesitamos suponer que las historias terminan, obedientemente, en la última página.

Traduzco lo mejor que puedo e improviso voces distintas y ojalá divertidas para los animales del cuento. Por momentos siento que zafo, pero no, no está saliendo bien, y te das cuenta. Me parece que no te fijas, como otras veces, solamente en los dibujos: también atiendes a esas ignotas palabras que asocias a las frases para ti ya familiares de los personajes. Aunque sabes que leer conmigo no es lo mismo que leer con tu madre, te extraña que mi versión difiera tanto de la de ella. Me corriges, perfeccionas sobre la marcha mi traducción. En la relectura, en la primera relectura, incorporo esos matices que desconocía y que tú acabas de revelarme, de manera que el cuento fluye mejor y eso permite que mi interpretación crezca, que la voz del topo sea más chistosa, por ejemplo.

Conoces a la perfección el cuento del topo, ya casi podrías leerlo por ti mismo, aunque por ahora leer es algo que haces a través de tu madre y de mí y de tu abuela y de cualquier adulto que tengas cerca. Hay días en que me dices «léeme», pero también, con frecuencia, dices «quiero leer», lo que por cierto no significa que quieras aprender a leer por ti mismo, sino que quieres que yo lea para ti, o quizás más exactamente que deseas que suceda lo que sucede cuando leemos, porque lo que sucede es cada vez distinto, eso ya lo sabemos: entre lectura y relectura, en cosa de segundos, ha cambiado el libro y hemos cambiado nosotros; nos detenemos en episodios diferentes, jugamos un juego hecho de interrupciones y continuidades que es siempre nuevo.

Antes, cuando recién caminabas, me veías leyendo solo y trepabas a mi regazo para interponerte entre el libro y mis ojos, igual que los gatos, aunque tenías la cortesía de no arañar las páginas. Pronto perdiste esa cortesía, porque de la curiosidad pasaste a la rebelión: verme leyendo solo, en silencio, comenzó a volverse para ti intolerable y me quitabas el libro o rompías la hoja. Y es que la lectura en silencio parece individualista, avara, marchita. Ahora, cuando me sorprendes en el acto mezquino de leer en silencio, me pides que lea en voz alta y yo siempre acepto, de manera que ya conoces algunas frases de Jenny Offill y un par de versos de Idea Vilariño y hasta dos o tres párrafos de *La montaña mágica*.

Nadie te enseñó nada acerca de la música, no fue necesario. La música estaba ahí, desde antes del parto; nadie

59

tuvo que explicarte qué era, qué es, cómo funciona. Tampoco nadie te ha explicado la literatura y ojalá nadie te la explique nunca. La lectura silenciosa es en cierto modo una conquista; quienes leemos en silencio y en soledad aprendemos, justamente, a estar solos, o mejor dicho reconquistamos una soledad menos agresiva, una soledad vaciada de angustia; nos sentimos poblados, multiplicados, acompañados mientras leemos en silenciosa soledad sonora. Pero eso vas a descubrirlo por ti mismo dentro de unos años, yo lo sé. Vas a decidir por ti mismo si te sigue interesando la forma de conocimiento tan extraña, tan específica, tan difícil de describir que permite la literatura.

Leemos por la mañana y a veces también por la tarde, y todas las noches tu madre o yo te leemos tres cuentos antes de dormir. No aceptas un solo cuento ni dos, tienen que ser tres. Y nunca nos pides que repitamos alguno de los tres cuentos por la noche. Es ahora, por la mañana, cuando pareces preferir la repetición de una misma historia. Quizás los libros diurnos funcionan para ti más como música y los nocturnos son propiamente cuentos, pero no quiero apresurar conclusiones, porque además son los mismos libros, no hay un repertorio de cuentos diurnos y otro de cuentos nocturnos (la única categoría estable y misteriosa es la de los libros que llamas «de caca», entre los cuales curiosamente no figura el cuento del topo). También pasa que me pides por la mañana el cuento que leímos la noche anterior, como si durante las ocho o nueve horas que duermes el libro hubiera quedado pendiente sobrevolando tu sueño.

Cada noche la lectura construye una inminencia o un umbral: es el trecho del camino que solo podemos hacer navegando. Después de leer, linterna en mano, *Juego de sombras*, de Hervé Tullet, la ceremonia se vuelve inacabable, y algo parecido sucede con *El libro sin dibujos*, de B. J. Novak, que te genera unas carcajadas feroces, o con *El libro apestoso*, de Babette Cole, o con casi todos los magníficos cuentos de Gianni Rodari. En realidad son muchos los libros que atornillan al revés, porque en lugar de construir la víspera del sueño te despiertan un poco más: de pronto pareces convencido de que dormir es una pérdida de tiempo. Pero qué más da, la función de la literatura nunca ha sido inducir el sueño de nadie. La lectura por momentos agita tu imaginación de por sí agitada, pero aun así contribuye a terminar bien el día. Lo que importa es el rito, por supuesto, la ceremonia. La compañía.

En su hermoso ensayo *Como una novela*, Daniel Pennac lamenta que él y su esposa dejaran de leerle cuentos a su hijo cuando el niño aprendió a leer por sí mismo. Pero quizás no fue culpa del padre ni de la madre. Acaso fue el propio niño quien decidió dejarlos fuera de la ceremonia de la lectura. No queremos que pase eso. La lectura no pertenece a la serie de actividades que realizamos por ti mientras aprendes a hacerlas solo. No es como lavarse los dientes o vestirse o cortarse las uñas.

Tampoco es como caminar, aunque me gusta pensar que se parece. Te llevamos en brazos hasta que aprendiste a caminar y seguimos cargándote cuando te cansas y a veces no estás cansado y te cargamos igual y lo seguiremos haciendo mientras aguantemos tu peso y tú aguantes el peso simbólico de que te carguemos. Ahora lees a través de nosotros, pero cuando leas por ti mismo tal vez ya no te parezca divertido que leamos para ti. Tendremos que inventar algo, ojalá se nos ocurra la manera de continuar esa ceremonia, la más importante del día; que cambie de forma, pero que siga sucediendo.

61

Después de los cuentos viene la música, la última música. Siempre, desde tus primeros días de vida, te canto «Beautiful Boy», pero las demás canciones no son de cuna. Quizás «Two of Us» tiene algo de *lullaby*, aunque no es una canción sobre padres e hijos sino sobre amor y compañerismo, y por eso te la canto. Las otras canciones –de Violeta Parra, de Silvio Rodríguez, de Andrés Calamaro, de Los Jaivas– son canciones de amor o de protesta o de amor y de protesta. Cada noche nos turnamos, con tu madre, el ritual de los tres libros y de las tres o cuatro (o cinco) canciones. Las mañanas, en cambio, siempre empiezan conmigo. Yo, que solía ser un pájaro nocturno, ahora me desmañano contigo: casi todos los días de tu vida hemos visto juntos el amanecer. Aunque no siempre te gustó que fuera yo tu incondicional compañero matutino. En tiempos que ahora me suenan remotos, me mirabas con una mezcla de recelo y un gesto serio o altivo que no sé definir. Llorabas veinte segundos, a veces un minuto entero, antes de aceptar mi consuelo. Supongo que el living era como un bar al que ibas a llorar tus lactantes penas de amor y yo era el barman que conocía a la perfección cómo te gustaba el jugo de naranja, o el parroquiano anodino pero amistoso que siempre estaba ahí, dispuesto a escucharte y a reírse con tus chistes y a pagarte la cuenta.

«Sigamos, papá», me dices ahora. No tengo ganas de leer el cuento del topo por tercera vez, pero sé que en este caso *seguir leyendo* significa *seguir leyendo el mismo libro*. Promediando esta tercera lectura, tu madre aparece en el living y saluda atentamente al sol mientras leemos el cuento del topo por cuarta, por quinta vez, y a juzgar por su sonrisa cómplice entiendo que apruebo a duras penas la lección de literatura francesa. «Gracias», me dices, en cualquier caso, antes de partir con tu abuela, que acaba de llegar para llevarte al Bosque de Chapultepec. Me alegra y enorgullece que te parezca gracioso dar las gracias, pero esta vez también me descoloca y me emociona porque es la primera vez que me agradeces la lectura o la compañía o qué sé yo, en realidad no tengo claro lo que me agradeces. *Gracias por haber leído ese libro en francés a pesar de que no sabes francés. Gracias por tratar de superar tus limitaciones intelectuales para divertirme.* Tal vez algo así quieres decir.

Debería irme al cuartito de la azotea donde habitualmente trabajo, pero antes de subir preparo más café y vuelvo al sofá para leer otra vez el cuento del topo, no sé muy bien por qué. Bueno, no hay ningún misterio: porque te extraño, pues. Me pasa mucho, también le pasa a tu madre: justo cuando por fin tenemos tiempo para trabajar, nos distrae tu ausencia.

Mientras paso las páginas, me preparo para leerte ese cuento de nuevo en el futuro cercano. Aunque no tiene muchas palabras, este es, en rigor, el primer libro que leo en francés. Me da risa constatarlo, porque el francés es la lengua de Marguerite Duras, de Flaubert, de Perec y de Bove, entre otros autores a quienes he tratado de leer en su lengua original, a veces con resultados decentes pero siempre falsos o engañosos, porque los libros de esos autores ya los había leído en español, y había pasajes que me sabía de memoria y palabras que deducía o que no me importaba desconocer.

Sí, el cuento del topo es el primer libro que verdaderamente leo en francés, y el hecho de que hayas sido tú quien me ayudara a leerlo me parece un detalle crucial, precioso, aleccionador. Recién ahora me fijo en el título del cuento, porque, en los libros para niños –esto es obvio, pero acabo de descubrirlo–, los títulos cumplen una función distinta, importan menos; la verdad es que ignoro los títulos de buena parte de los libros que he leído contigo; tal como tú, no los identifico por el título sino por el animal de la portada o por el color de la portada o por el tamaño del libro, así que no es para nada extraño que desconozca el grandioso título del cuento del topo: *De la petite taupe qui voulait savoir qui lui avait fait sur la tête*, que en español sería algo así como *Acerca del pequeño topo que quería saber quién le había hecho eso en la cabeza* (veo en internet que hay una edición en español que se llama *El topo que quería saber quién se había hecho aquello en su cabeza*).

En la literatura infantil no importan los títulos y quizás importan aún menos los autores. En eso pienso al reparar en los nombres perfectamente alemanes del autor y del ilustrador del libro del topo: Werner Holzwarth y Wolf Erlbruch. Recién entonces comprendo que nuestro libro es una traducción, como confirmo en la ínfima letra de los créditos: *Vom kleinen Maulwurf, der wissen wollte, wer ihm auf den Kopf gemacht hat*. Ese es el título original.

Le pregunto a tu madre por qué compró el libro en francés y no en español. Me dice que en español estaba agotado, y que igual habría comprado el cuento en alemán o en japonés o en cualquier lengua porque lo encuentra genial, y lo conoce de memoria, es uno de los cuentos que su madre le leía a ella. Cuando lee ese libro contigo apenas mira las palabras impresas, simplemente opera con sus recuerdos; está segura de leerlo usando las mismas palabras que su madre leía del libro en español, traducido al español, que tenían en casa. Le pregunto qué pasó con ese libro del topo en español. Me dice que en algún momento su madre regaló a una biblioteca todos los libros que leían juntas.

Subo a la azotea pensando en ese esforzado y ofendido topo que avanza a través de las generaciones con un gracioso mojón en la cabeza. Tu abuela, tu madre y tú son de pronto una misma persona que habla, escucha y sonríe. También tienes cuentos en la casa de tu abuela, cuentos que no siempre conozco. «Voy a darle un golpe de Estado a estos chocolates», dijiste una tarde, y estuve horas pensando de dónde habías sacado la expresión *golpe de Estado* y hasta llegué a sentirme culpable por haberla deslizado descuidadamente sin explicarte su horrendo significado. Pero luego vi en casa de tu abuela el libro gordo de *Mafalda* y entendí la fuente. Te leí algunos chistes con acento argentino, tal como hago con los libros de Liniers o de Isol, pero me miraste desconcertado y enseguida furioso, porque tu abuela te los «traduce» al mexicano. «¡Mafalda no es argentina, papá!», me gritaste, al borde del llanto.

De pronto me dejo ensombrecer por la evidencia, confirmada por mis padres, de que a mí no me leían cuentos antes de dormir. Es un pensamiento autocompasivo, débil, fácil. Pienso en mi abuela, que en lugar de leernos cuentos nos compartía toda clase de chismes acerca de la comunidad que había perdido cuando joven, con el terremoto de Chillán, en 1939. Casi todos sus amigos de juventud habían muerto, pero quedaban sus historias, que mi abuela saboreaba al recrearlas para mi hermana y para mí. De pronto se acordaba de que los protagonistas de sus ficciones estaban muertos y los extrañaba y se echaba a llorar y teníamos que meternos en su cama a consolarla. Esas

65

historias fueron, como dice Natalia Ginzburg, nuestro latín. Quizás luego, cuando me puse a escribir, quería honrar e imitar esos vaivenes entre la risa y el llanto que sucedían cuando escuchábamos a mi abuela.

Trato de volver a la novela en que trabajo, pero esta vez me distrae el pensamiento, también sombrío, de que los libros no son como ropa que empieza a quedarnos chica y hay que regalar, y enseguida decido, con ridícula solemnidad, que nunca vamos a deshacernos de los libros que leemos juntos, porque sería como deshacerse de unos álbumes de fotos; pienso en esos libros, en tus libros, como documentos, quiero guardarlos como si fueran mechones de tu pelo o tu primera ecografía. Es un pensamiento tonto, en especial viniendo de mí, porque antes de mudarme a México yo mismo me deshice de una biblioteca entera. Me parecía insensato cambiarme de país acarreando decenas de cajas de libros que quizás no volvería a leer.

Ya había en tu pieza una pequeña biblioteca cuando llegaste. Apenas supimos que venías en camino, tu madre y yo empezamos a pasar horas en las secciones infantiles de las librerías buscando tus libros del futuro; cuando no sabíamos nada de ti, ya conocíamos algunos de los libros que leeríamos juntos. Desde entonces procuramos que siempre haya algún cuento nuevo, para que no te aburras, pero en realidad somos nosotros quienes consideramos el riesgo de aburrirnos.

Tu biblioteca es esa otra biblioteca mía perdida y miniaturizada y por supuesto que perfeccionada, porque sigue libre del *tsundoku* que se extiende como un virus por las demás estanterías de la casa, tan repletas de pendientes que a veces mirarlas es como revisar la pila de cuentas por pagar. No hay, en tus atiborradas repisas, libros intactos, ignorados. Todos tus libros los hemos leído, a estas alturas, al menos diez veces.

Algo avanzo en mi novela, aunque mientras escribo sigo pensando en tus libros, en los libros para niños, y en mi espectacular ignorancia. Después de cinco minutos deambulando por internet compruebo que el cuento del topo es un clásico absoluto de la literatura infantil y que no conocerlo equivale a no tener idea de quiénes fueron Sandro Botticelli o Martina Navratilova. Libro álbum, álbum ilustrado, libro ilustrado, cómic, historieta, novela gráfica... Repaso los conceptos como cuando intentaba memorizar los grupos climáticos de Köppen, o como si tuviera que impartir una clase. Pero no tengo que hacer ninguna clase. Tengo que sentarme a tu lado, nada más, a leer para ti esas partes de los libros donde hay palabras, mientras tú lees todo lo demás. Y es quizás más preciso comprender que las palabras son *todo lo demás*.

Se me hace tan absurda la existencia de una literatura no infantil, de una literatura para adultos, para no-niños, una literatura-literatura, una literatura de verdad; la idea de que hago y leo una literatura de verdad y que los libros que leemos juntos son una especie de sustituto o de sucedáneo o de imitación o de preparación para la literatura verdadera me parece tan injusta como falsa. Y es que honestamente no encuentro menos literatura en un cuento de Maurice Sendak o de María Elena Walsh que en mis favoritos de la «literatura adulta». Me resulta imposible, por cierto, imaginarte leyendo mis libros: los que yo escribí o la novela que intento ahora mismo. Son historias casi siempre tristes y tal vez innecesarias; antes de que las leye-

67

ras tendría que explicarte tantas cosas, que probablemente entenderías, pero no estoy seguro de que yo fuera capaz de explicarlas.

Vuelvo al departamento con la excusa de comerme una barrita de cereal. Entro a tu pieza. Miro tu ropa, tus repisas de libros. Ya hemos regalado mucha ropa tuya, y me encanta ver, por ejemplo, a la pequeña hija de una amiga luciendo tu antigua camiseta del sistema solar. Pero me cuesta imaginar que alguna vez regalaremos tus libros o tu guitarrita roja o tu traje de astronauta.

Tú serás, por supuesto, quien decida regalar esos libros, que tal vez te estorben cuando quieras dar de baja, de una vez por todas y para siempre, la infancia. Me quedo mirando la repisa caótica y de pronto comprendo que esos libros cuyos títulos no recuerdo, escritos por gente cuyos nombres desconozco, son exactamente como los libros que, de ahora en adelante, quiero escribir.

MULTITUD

En mi sueño sale un hombre que hace años, en Nueva York, se ponía en una esquina de Bryant Park o en la entrada de Grand Central a clasificar a la gente –*tourist, not a tourist, tourist, tourist, not a tourist*, sentenciaba, en un tono mecánico y a la vez extrañamente amable. Medía como dos metros, tenía el pelo largo, rojo y desgreñado, y sus ojos verdes parecían incrustados en su cara, que reflejaba una permanente y extrema concentración. El hombre estaba de verdad empeñado en el ambicioso proyecto de clasificar todos los rostros de la multitud y me daba la impresión de que lo conseguía, aunque de pronto vacilaba o se equivocaba, por ejemplo conmigo: mi cara de inmigrante lo inducía a considerarme casi siempre *not a tourist*, pero otras veces cambiaba de veredicto.

En el sueño todo sucede de la misma forma que en mis recuerdos, pero no estamos en Bryant Park ni en Grand Central, sino en alguna esquina igual de sobrepoblada de la Ciudad de México o de Santiago de Chile. No sé si el loco me mira ni si me clasifica, pero su presencia me alegra, la siento como un buen augurio. En la esquina siguiente me encuentro con una amiga –es alguien que no conozco, que nunca he visto, pero en el sueño sé que somos amigos– que hace lo mismo que el loco aunque no parece loca sino abrumada o enojada o las dos cosas. Quiero detenerme y hablarle, pero comprendo que no puedo interrumpir su labor. Ahora tengo la certeza de que estoy en Santiago y de que camino en dirección a la cordillera (que no veo ni busco pero sé que está ahí). Apuro el paso, quiero saber si en la esquina siguiente también habrá alguien desempeñando ese absurdo y horrible trabajo. *Deberían tener un formulario, se les va a olvidar*, pienso, y entonces miro a la multitud y sobreviene otro pensamiento vago, disruptivo, algo así como *esta es la multitud* o *estoy en la multitud*, y entonces la fuerza de esas palabras se entremezcla con la voz de mi hijo y despierto.

Son las cinco y cuarto y mi hijo ha encendido su lámpara de Miffy. Lo tomo en brazos y le digo, como siempre, que la noche es para dormir y el día para jugar. Él me mira compasivo, como se mira a quien se obstina en una causa inútil. Hasta hace unas semanas, cuando Silvestre se despertaba antes del amanecer, nos acercábamos a la ventana y jugábamos a contar los autos rojos o blancos o azules –él elegía, cada vez, el color–, que a esa hora ya empezaban a abundar, o decidíamos los nombres de los transeúntes que corrían rumbo al metro con sus urgentes cabelleras mojadas. Ahora no hay nadie en las veredas y muy de vez en cuando pasa algún auto, y presiento que mi hijo va a preguntarme de nuevo, como últimamente hace a diario, dónde está todo el mundo, y hasta preparo alguna respuesta, pero no lo hace, más bien dormita y suspira en mi pecho.

Ayudado por el ritmo indeciso de la mecedora, pienso

en mi sueño, en esa multitud que de pronto se ha vuelto abstracta, indefinida, extemporánea. No es raro que sueñe con multitudes; por el contrario, mis sueños suelen estar llenos de extras que se convierten en personajes secundarios y de personajes secundarios que cobran súbito protagonismo, pero me pregunto si este sueño es nuevo, si esta multitud es nueva. Tal vez toda la gente que salía en mi sueño también soñó anoche, a su vez, con calles repletas. Me entusiasmo con esa idea, con ese antojo lírico. Pienso en las personas que han pasado el encierro, la pandemia, soñando con multitudes imposibles. Pienso en mis amigos en Chile, que hace dos meses ocupaban las calles y ahora repasan, momentáneamente solos, nuestros sueños colectivos. Pienso en la discutible belleza de la palabra *multitud*. En lo que esa palabra exhibe y en lo que oculta.

Recuerdo una noche, a los doce años, en el metro. Éramos muchos los que a esa hora, cerca de las ocho, volvíamos de nuestros colegios en el centro de Santiago a nuestras casas pareadas en Maipú. Las micros prometían diversión o al menos compañía, pero esa noche quise meterme en el metro para adelantar camino, porque no quería encontrarme con nadie. Estaba triste, no me acuerdo por qué. Sí recuerdo el momento en que, unos segundos antes de bajarme en la estación Las Rejas, miré a la multitud de la que formaba parte y pensé algo como *todos tienen una vida, todos van a sus casas, a todos les falta o les sobra algo, todos están tristes o felices o cansados*. Años más tarde, cuando me hablaron del concepto de *epifanía*, supe de inmediato a qué experiencia asociarlo.

Después de desayunar, escuchamos música y luego nos sentamos en el suelo a dibujar con los crayones. Tengo la

71

impresión de que mi hijo se entretiene bien solo, así que me sirvo más café y me planto frente a la ventana. El sol se afirma en el horizonte pero el día no parece haber comenzado. Cuento diez escasos autos, un par de motos y tres hombres enmascarillados, que por supuesto no son turistas sino trabajadores inermes, ariscos, melancólicos. Es cada vez más la gente que consigue quedarse en casa, y la evocación de esa multitud ausente en cierto modo me tranquiliza, pero igual extraño la calle poblada y ruidosa de hace unas pocas semanas.

De pronto me doy cuenta de que llevo un rato largo abstraído y me vienen la culpa de haber descuidado a mi hijo y la alegría instantánea de comprobar que sigue ahí, afanado en su trabajo, concentrado, autónomo. Miro su hermoso dibujo caótico. Hace unos días decidió que los crayones eran frutas y empezó a trazar con ellos unos apasionados garabatos que llama *licuados*. Me siento a su lado, lo ayudo a sujetar el papel.

–¿Es un licuado? –le pregunto.

–No –me dice, categórico.

–¿Qué es?

–Eres tú, papá, mirando por la ventana.

TIEMPO DE PANTALLA

I

Muchas veces, a lo largo de sus dos años de vida, el niño ha escuchado risas o gritos que provienen de la pieza contigua –quién sabe cómo reaccionaría si supiera lo que sus padres hacen mientras él duerme: ver televisión. Él nunca ha visto televisión y tampoco ha visto nunca a nadie ver televisión, por lo que el televisor de sus padres le resulta vagamente misterioso: la pantalla es una especie de espejo que devuelve un reflejo opaco, insuficiente, y que ni siquiera sirve para dibujar con los dedos en el vaho, aunque ocasionalmente las partículas de polvo permiten juegos similares.

Igual, al niño no le sorprendería descubrir que esa pantalla es capaz de reproducir imágenes en movimiento, pues varias veces le ha sido permitido interactuar con imágenes de personas, generalmente localizadas en su segundo país, porque el niño tiene dos países –el país de su madre, que es su país principal, y el de su padre, que es su país secundario, donde no vive su padre pero sí sus abuelos paternos, que son los seres humanos que más frecuentemente ha visto materializados en la pantalla.

También ha visto a sus abuelos en persona, porque ha viajado dos veces a su país secundario. No recuerda nada del primer viaje, pero en el segundo ya había aprendido a caminar y hablaba hasta por los codos. Esas semanas estuvieron llenas de nuevas experiencias, aunque el hecho más memorable sucedió en el vuelo de ida, un par de horas antes de aterrizar en su país secundario, cuando desde una pantalla que parecía tanto o más inútil que la del televisor de sus padres emergió un amistoso monstruo pelirrojo que hablaba de sí mismo en tercera persona. La amistad entre el monstruo y el niño fue inmediata, tal vez en parte porque entonces también el niño hablaba de sí mismo en tercera persona.

II

A decir verdad fue un evento fortuito, porque los padres del niño no pensaban encender la pantalla durante el viaje. El vuelo había empezado con un par de siestas, y luego abrieron el maletín pequeño donde llevaban siete libros y cinco títeres zoomorfos, y buena parte del largo trayecto se les fue en la lectura e inmediata relectura de esos libros, matizada por el protagonismo de los títeres y los comentarios ocasionales acerca de la forma de las nubes y la mediocre calidad de los snacks. Todo iba de maravilla hasta que el niño pidió un muñeco que –le explicaron– había preferido viajar en la bodega del avión, y enseguida se acordó de varios otros que –quién sabe por qué– habían preferido quedarse en el país principal, y entonces, por primera vez en seis horas, el niño se largó a llorar y su llanto duró unos cuarenta segundos, que es poco tiempo pero a un señor que viajaba en el asiento de atrás le pareció muchísimo.

—¡Hagan callar a ese mocoso, pues! —vociferó.

La madre del niño se dio vuelta y miró al tipo con sereno desprecio; después de una pausa muy bien ejecutada, bajó la vista para concentrarse en el paquete del hombre y le dijo en tono de entendida, sin el menor atisbo de agresividad:

—La debes tener muy chiquita, ¿no?

El hombre no respondió, tal vez no tenía manera de defenderse de una acusación semejante. El niño pasó a los brazos de su madre y ahora fue su padre quien se arrodilló en el asiento para mirar al susodicho señor. No lo insultó, simplemente le preguntó el nombre.

—Enrique Lizalde —respondió el tipo, con el poquito de dignidad que le quedaba.

—Gracias.

—¿Por qué quiere saber mi nombre?

—Tengo mis motivos.

—¿Quién es usted?

—No quiero decírtelo, pero ya te vas a enterar. Pronto vas a saber quién soy. Muy pronto.

Siguió mirando durante varios segundos al ahora compungido Lizalde y quería seguir hostilizándolo, pero unas turbulencias lo obligaron a volver a ponerse el cinturón de seguridad.

—*I hope this motherfucker thinks I'm really powerful* —murmuró el padre en inglés, que era la lengua que instintivamente usaban para insultar o decir groserías en presencia del niño.

—*We should at least name a character after him* —dijo la madre.

75

–Good idea! I'll name all the bad guys in my books Enrique Elizalde.

–Me too! I guess we'll have to start writing books with bad guys –dijo ella.

Fue entonces cuando decidieron prender la pantalla que tenían enfrente y sintonizaron el show del alegre y peludo monstruo rojo. Miraron el programa veinte minutos y cuando apagaron la pantalla el niño reclamó, pero su padre le explicó que la presencia del monstruo no era repetible, no era como con los libros, que uno puede leer una y otra vez.

Durante las tres semanas que pasaron en su país secundario, el niño preguntó a diario por el monstruo y sus padres le explicaron que vivía solamente en los aviones. En el vuelo de vuelta se produjo por fin el reencuentro, que duró también escasos veinte minutos. Un par de meses después, como el niño seguía hablando del monstruo con cierta melancolía, consiguieron una réplica de peluche, que él entendió más bien como un original. Desde entonces se han vuelto inseparables, de hecho el niño acaba de dormirse abrazado al muñeco pelirrojo –sus padres ya se fueron a la pieza grande: si las cosas suceden de la misma manera como vienen sucediendo últimamente, es probable que esta historia termine con la escena de ellos dos en la cama mirando la tele.

III

El padre del niño creció con el televisor perpetuamente encendido y quizás a la edad actual de su hijo ignoraba que el televisor *pudiera ser apagado*. La madre del niño, en cambio, se mantuvo alejada de la televisión durante una cantidad insólita de tiempo: diez años. Según la versión oficial, la señal de televisión no llegaba al rincón de la ciudad donde ella y su madre vivían, de manera que el televisor le parecía, como ahora a su hijo, un objeto completamente inútil. Una tarde invitó a jugar a una compañera de curso que, sin preguntarle a nadie, simplemente enchufó la tele y la encendió. No hubo desengaño ni crisis: la niña pensó que la señal de la televisión acababa de llegar, por fin, a su barrio, y corrió a comunicarle la buena nueva a su madre, que aunque era atea se arrodilló y alzando los brazos al cielo gritó histriónica, persuasivamente:

–¡Nuestra Señora de Guadalupe! ¡Es un milagro!

A pesar de estos antecedentes tan dispares, la mujer que creció con el televisor permanentemente apagado y el hombre que creció con el televisor permanentemente encendido están completamente de acuerdo en que lo mejor es dilatar el mayor tiempo posible la exposición de su hijo a la tele. No son fanáticos, en todo caso, no están en contra de la televisión ni mucho menos. Sería irónico, porque más de una vez, cuando acababan de conocerse, recurrieron a la manida estrategia de juntarse a ver películas como pretexto para coger. Después, en el periodo que podría considerarse la prehistoria del niño, sucumbieron al embrujo de numerosas producciones de todo tipo. Y nunca vieron tanta televisión como durante los meses inmediatamente anteriores al nacimiento del niño, cuya vida intrauterina no fue musicalizada por piezas de Mozart ni canciones de cuna, sino por las cortinas iniciales de series sobre sangrientas disputas de poder ambientadas en un impreciso tiempo arcaico de zombis y dragones o en el espacioso palacio de gobierno de un país autodenominado *the leader of the free world.*

Cuando el niño nació, la experiencia televisiva de la pareja cambió radicalmente. Al final de la jornada, el agotamiento físico y mental solo les permitía treinta o a lo sumo cuarenta minutos de menguante concentración, así que casi sin darse cuenta bajaron sus estándares y se volvieron espectadores habituales de series derechamente mediocres. Seguían queriendo internarse en terrenos insondables y vivir de forma vicaria experiencias desafiantes y complejas que los obligaran a repensar su lugar en el mundo, pero para eso estaban los libros que leían durante el día; por la noche solo querían risas fáciles, diálogos sosos y guiones que les otorgaran la triste satisfacción de entenderlo todo sin el menor esfuerzo.

Les gustaría, tal vez dentro de uno o dos años, aligerar las tardes de sábado o domingo viendo la tele con el niño e incluso de vez en cuando actualizan una lista de las películas que quieren ver en familia. Por lo pronto la televisión ha quedado relegada a esta hora postrera del día en que el niño duerme y sus padres vuelven a ser, momentánea y simplemente, ella y él.

IV

Ella está en la cama mirando su celular y él en el suelo, de espaldas, como si descansara después de una tanda de abdominales –de pronto se incorpora y se tiende también en la cama y alarga el brazo buscando el control remoto pero se encuentra con el cortaúñas así que empieza a cortarse las uñas de las manos. Ella piensa que últimamente él está todo el tiempo cortándose las uñas de las manos.

–Van a ser tal vez meses de encierro. Se va a aburrir –dice ella.

—Está permitido pasear al perro, pero no está permitido pasear al hijo —dice él con amargura.

—Seguro que lo está pasando mal. No se le nota, se ve feliz, pero lo debe estar pasando horrible. ¿Qué entenderá?

—Lo mismo que nosotros.

—¿Y qué entendemos nosotros? —Parece una estudiante repasando la lección antes de un examen.

—Que no podemos salir porque hay un virus de mierda. Eso nomás.

—Que lo que antes estaba permitido ahora está prohibido —dice ella—. Y que lo que antes estaba prohibido sigue estando prohibido.

—Extraña el parque, la librería, los museos. Igual que nosotros.

—Y el zoológico. Extraña, sobre todo, a las cebras, a las jirafas, a ese teporingo que le gusta tanto. No lo dice, pero reclama más, se enoja más. Se enoja poco, pero más.

—Pero no extraña el colegio, para nada —dice él.

—Ojalá sean dos o tres meses. Pero ¿qué pasa si son más? ¿Un año entero?

—No creo —dice él, que quisiera sonar más convencido.

—¿Y si así va a ser el mundo de ahora en adelante? ¿Si después de este virus viene otro y luego otro? —pregunta ella, pero también podría haberlo preguntado él, con las mismas palabras y la misma entonación abrumada.

Durante el día hacen turnos, uno cuida al niño mientras el otro se encierra a trabajar, necesitan tiempo para trabajar porque están atrasados con todo, y aunque todo el mundo está atrasado con todo, ellos piensan que están un poco más atrasados que los demás. Y sin embargo ambos se ofrecen para cuidar al niño a tiempo completo, porque ese medio día con él es tiempo de felicidad verdadera, de risas genuinas, de purificadora evasión —preferirían pasar el día entero jugando a la pelota en el pasillo, o garabateando criaturas involuntariamente monstruosas en el pedazo de pared que usan como pizarrón, o tocando la guitarra mientras el niño mueve las clavijas para desafinarla, o leyendo cuentos infantiles que les parecen perfectos, mucho mejores que los libros irremediablemente adultos que ellos escriben o tratan de escribir. Incluso si tuvieran solo uno de esos cuentos infantiles preferirían leerlo una y otra vez, incesantemente, antes que sentarse frente a sus computadores, con las noticias horribles de la radio como ruido de fondo, a responder tardíamente mails repletos de disculpas mientras miran de reojo el estúpido mapa que registra en tiempo real la proliferación de contagios y de muertes –él mira, sobre todo, el país secundario de su hijo, que por supuesto sigue siendo su propio país principal, y piensa en sus padres e imagina que en las horas o en los días que han pasado desde la última vez que habló con ellos se contagiaron y que ya no volverá a verlos, y entonces los llama y esas llamadas siempre lo dejan hecho pedazos, pero no dice nada, o al menos no le dice nada a ella, que lleva semanas sumida en una angustia lenta e imperfecta que le hace pensar que debería aprender a bordar, o que debería dejar de leer las novelas hermosas y desesperanzadoras que lee, y también piensa que en lugar de escribir tal vez habría sido bueno dedicarse a otra cosa –están de acuerdo en eso, los dos piensan eso, lo han hablado ya demasiadas veces porque ya han sentido demasiadas veces la irrebatible futilidad de cada frase, de cada palabra escrita.

–Dejémoslo ver películas –dice ella–. Qué tanto. Solamente los domingos.

–Así al menos sabríamos si es lunes o jueves o domingo –dice él.

–¿Qué día es hoy?

80

—Martes. No, miércoles.

—Decidámoslo mañana –dice ella.

Él termina de cortarse las uñas y se mira las manos con incierta satisfacción, más bien como si acabara de cortarle las uñas a otra persona, o como si mirara las uñas de otra persona, de alguien que acaba de cortarse sus propias uñas y le pide a él, por algún motivo –quizás se ha vuelto un experto, una autoridad en la materia–, su aprobación o su opinión.

—Me están creciendo más rápido –dice.

—¿Y no te las habías cortado anoche?

—Por eso te digo, me están creciendo más rápido. –Lo dice en serio, en un tono medio grave, medio científico–. Cada noche las miro y resulta que crecieron durante el día. A una velocidad anormal.

—Parece que es bueno que las uñas crezcan rápido. Dicen que en la playa crecen más rápido. –Ella habla en el tono de quien intenta recordar algo, tal vez la sensación de despertar en la playa con el sol en la cara.

—Es que lo mío es un récord.

—A mí también me crecen más rápido –dice ella–. Incluso más rápido que a ti. A mediodía ya son casi garras. Y me las corto y vuelven a crecer.

—Yo creo que a mí me crecen más rápido que a ti.

—Eso habría que verlo.

Entonces alzan sus manos y las juntan como si realmente pudieran observar el crecimiento de sus uñas, como si pudieran comparar velocidades, y lo que debería ser una escena rápida se alarga, porque se dejan distraer por la absurda ilusión de esa competencia silenciosa e inútil, que dura tanto que hasta el espectador más paciente apagaría la tele indignado. Pero nadie los ve, aunque la pantalla del televisor de pronto parece una cámara que registra sus

81

cuerpos suspendidos en ese gesto extraño y absurdo. Un monitor amplifica la respiración del niño, que es el único rumor que acompaña la competencia de sus manos, de sus uñas, una competencia que dura varios minutos pero por supuesto no los suficientes para que alguien gane, y que termina, por fin, con la explosión de unas carcajadas cálidas y francas que les hacían muchísima falta.

LA INFANCIA DE LA INFANCIA

«Juguemos a escondernos del virus, papá», me dijo mi hijo, y me sorprendió y entristeció que hablara del virus con tal familiaridad, pero tenía sentido: la pandemia ya había comenzado a transformar su vida –para mal y para bien, porque extrañaba los paseos por el Bosque de Chapultepec con la misma intensidad con que celebraba la suspensión de clases (su incipiente vida escolar no le gustaba para nada).

Escondernos del virus, en todo caso, era más sensato que escondernos del techo o del refrigerador, como él solía proponerme por entonces, o de la Biblia o de las *Obras Completas* de Shakespeare, como le proponía yo, así que nos metimos debajo de la mesa y lanzamos unos falsos gritos de miedo –falsos porque no eran gritos sino imitaciones susurradas de gritos, y también el miedo era, en teoría, falso, aunque en ese momento sí sentí miedo, o tal vez era fatalismo, un fatalismo que sin embargo ahora, a la luz de los hechos, me parece una versión apenas disminuida del optimismo.

∞

¿Qué recordará mi hijo de este año horrible? Me lo pregunto a diario, y aunque a veces me respondo tranquilamente, casi con alegría, que no recordará nada, es más habitual que me quede clavado en la extrañeza, porque es raro y tristón imaginar o de algún modo *saber* que el mismo ser humano de tres años –y trece kilos y ciento dos centímetros– que hemos visto crecer y cuya vida a menudo nos resulta más real y siempre más valiosa que la vida propia, en un futuro no muy lejano olvidará todo o casi todo lo que vivió en este pasado que con terca insistencia llamamos *presente*.

Desde una adultez acaso excesiva, es fácil suponer que la memoria episódica comienza alrededor de los tres o cuatro años, es decir, que antes de esa edad simplemente no éramos capaces de recordar, pero cualquiera que haya criado niños sabe que a los tres e incluso a los dos años sí recuerdan lo que hicieron la semana pasada o el verano anterior, y que sus recuerdos son puros, no implantados, a veces sorprendentemente precisos y otras veces tan vagos y caprichosos como suelen ser los nuestros.

Las inmensas preguntas acerca del funcionamiento de la memoria humana tienen su humilde correlato en la emoción o la inquietud que todos sentimos al pensar en esos años borrados, omitidos, perdidos. ¿Cómo era, realmente, un día entero, a los diez meses, a los dos años de vida? Tal vez luego, en la adolescencia, unas cuantas frases autoritarias (*yo te enseñé todo, yo te di de comer, gracias a mí tienes todo lo que tienes*) nos permitieron presentir o imaginar esos años de abrumadora dependencia, pero recién cuando somos padres u ocupamos el lugar de padres y nos duele la espalda y no hemos dormido bien en semanas o meses, conseguimos conjeturar esos cuidados que nunca agradecimos porque simplemente no los recordamos.

84

Si fuéramos como Funes, el célebre personaje de Borges incapacitado para el olvido, viviríamos paralizados por rencores permanentes o gratitudes automáticas, obligatorias. La misteriosa amnesia infantil nos permite olvidar, de repente, todos los hechos que podrían neutralizar la severidad con que juzgamos a nuestros padres. Y sería aún peor enterarnos, por supuesto, de olvidadas desatenciones y negligencias. La memoria se destruye o se purifica para que podamos reinventarnos, recomenzar, reclamar, perdonar, crecer.

Como espectadores que se perdieron los primeros minutos de la película pero se quedan a la función siguiente para entender la trama, olvidamos justo la parte de la infancia que luego observamos en nuestros hijos; son ellos quienes nos recuerdan que hemos olvidado, y entonces despunta una nueva forma de incertidumbre que puede resultarnos sombría y vertiginosa, pero también estimulante y fecunda. Pienso en esta frase de Paul Valéry: «Las lagunas son mi punto de partida».

∞

«Durante mucho tiempo insistí en que había presenciado la escena de mi nacimiento», leemos al comienzo de *Confesiones de una máscara*, de Yukio Mishima, y la novela entera proviene, de algún modo, de esa frase magnífica. El personaje elige creer o inventar una autonomía original y absoluta, que exagera hermosamente la idea, tan cara al psicoanálisis, de que inventamos nuestros recuerdos.

A partir de esa frase se me ocurrió el Proyecto Nacimiento, que en un principio consistía nada más que en pedirles a mis estudiantes que escribieran sobre el día de su nacimiento, y luego derivó en una tarea para nada original pero tampoco tan común: cada participante debía ir a la biblioteca a leer de punta a cabo los periódicos del día en que nació, incluyendo los horóscopos, las carteleras de cine y de teatro, los obituarios, los resultados de la hípica o los anuncios publicitarios (siempre había algún alumno tentado de la risa por la velocidad máxima de los computadores en, por ejemplo, 1996).

La idea del Proyecto Nacimiento es que cada cual imagine a su madre hojeando ese mismo periódico la mañana en que rompió la bolsa y tuvo que partir al hospital. En realidad no importa mucho sobre qué escriban, el ejercicio funciona más bien porque gatilla procesos de escritura, lo que permite que el profesor no sea el dictador de un método o la autoridad indiscutida, sino algo así como un colega más viejo que conoce el origen del texto y puede acompañar el proceso.

La imaginación del nacimiento propio pone en escena con engañosa simpleza la frontera entre lo privado y lo público. Por eso creo que este ejercicio es perfecto para captar, de paso, el enigma o el juego que plantea o permite la palabra *ficción*, tantas veces malentendida, apenas, como un sinónimo medio académico de la palabra *mentira*. «Yo nací un día / que Dios estuvo enfermo, / grave», dice César Vallejo en un poema que sería absurdo someter a un detector de mentiras.

Nunca he querido aplicarme a mí mismo el Proyecto Nacimiento; nunca he querido materializar o tal vez verificar mis conjeturas acerca de ese día de 1975 que siempre imagino en blanco y negro, aunque la primera foto que me tomaron, a las dos semanas de vida, fue en colores. Salgo en pocas fotos, quizás en veinte de las cincuenta o sesenta de los dos álbumes familiares. En el primer álbum

–con un mar calmo, casi inofensivo, en la portada–, que empieza en 1972, con el nacimiento de mi hermana, hay casi puras fotos en blanco y negro, mientras que en el segundo –la portada muestra a una rubia pareja de enamorados mirando el crepúsculo– predominan las entonces aún novedosas fotos en color.

∞

Gracias a sus conversaciones con su madre y la lectura de los cuadernos que ella escribía, el poeta Robert Lowell, nacido en 1917, logró imaginar con precisión el tiempo en que, como él dice, «Estados Unidos entró a la guerra y mi madre entró en la vida matrimonial». Enseguida agrega esta ironía tierna y precisa: «Solía mostrarme orgulloso de que no se me pudiera culpar por nada de lo que pasó durante los meses en que empezaba a vivir». En mi caso, a los veinte años, en cambio, cuando me daba por mirar los álbumes de fotos, yo no sentía orgullo sino una especie de vergüenza, a veces propia y otras veces ajena, pero siempre, sobre todo, acuciante –no tanto por lo que las fotografías revelaban sino por lo que yo suponía que se negaban a mostrar.

No recuerdo haber pensado entonces que el registro fuera escaso, hasta creo que me resultaba abundante. Imaginaba a mis padres clasificando esas fotos en las páginas adhesivas de esos álbumes durante los años más feroces de la dictadura. Sentía que todo era demasiado frágil y que yo era demasiado estúpido. Me parecía horrible no recordar nada o reconocer escenas implantadas por relatos familiares que en cualquier caso me sonaban siempre vagos, siempre demasiado particulares.

∞

–¿Te acuerdas de tu nacimiento? –le pregunto a mi hijo.

–Sí. Tú me tomaste en brazos y estabas llorando, pero de emoción.

Él sabe que no lo recuerda y también sabe que yo sé que no lo recuerda, pero de vez en cuando jugamos a repetir una conversación sobre el llanto que sostuvimos por primera vez cuando él tenía como un año y medio –yo intentaba explicarle que el llanto no es pura tristeza, porque a veces lloramos de emoción, y se me ocurrió hablarle del día de su nacimiento, cuando lo vi por primera vez, recién salido del vientre de su madre; le explicaba que al verlo por primera vez me había largado a llorar, pero de emoción.

∞

Tengo mil cuatrocientas veintidós fotos en el teléfono y en casi todas sale mi hijo, que nació hace mil doscientos sesenta y seis días, de manera que le he tomado, digamos, una foto cada día de su vida –y a esa desmesurada colección podríamos sumar las fotos que le han tomado su madre y su abuela materna y su tío fotógrafo... De pronto la posibilidad de que algún día tenga acceso a esas fotos y a los libros que escribe su madre y a los que escribo yo –libros donde es cada vez más frecuente que él aparezca y donde si no aparece igual está, agazapado– se me hace injusta y por eso a veces pienso que habría que destruir esos archivos para hacerle sitio al flamante olvido. Y sin embargo también se impone otra idea, contradictoria, porque últimamente siento que escribo para él, que soy el corresponsal de mi hijo, que escribo despachos para mi hijo, en vivo y en directo desde el tiempo que olvidará, desde los años borrados. Acaso nunca mi escritura estuvo más justificada, porque en alguna medida escribo los recuerdos que él va a perder, como si fuera yo el secretario o el parvulario de unos infantes llamados Joe Brainard, Georges Perec y Margo Glantz y quisiera facilitarles la redacción futura de sus *me acuerdo*.

∞

Es 1978 o 1979, tengo tres o cuatro años, y estoy sentado en el sofá, junto a mi padre, mirando en la tele un partido de fútbol, y mi madre entra a llenarnos los vasos de Coca-Cola. Durante décadas he considerado que ese es mi primer recuerdo, lo que no parece, en principio, discutible: crecí en una familia donde no solo mi madre sino todas las mujeres *atendían* a los hombres, un mundo donde el televisor se situaba en el living y estaba permanentemente encendido y casi siempre, para los niños, permitido, al igual que la Coca-Cola. Mi recuerdo no está vinculado a ninguna fotografía ni a ningún relato familiar y quizás por eso lo consideraba un recuerdo puro, no implantado, incuestionable. No es difícil, sin embargo, deshacer la certidumbre: durante los veinte años que viví con mi padre vimos cien o quinientos o mil partidos de fútbol juntos, pero me acuerdo de esta escena como si hubiera ocurrido una sola vez. Tengo la impresión, y mi padre la seguridad –acabo de confirmarlo, por teléfono–, de que mi afición al fútbol no fue tan temprana; sucedió más tarde, a los seis o siete años, cuando ya vivíamos en otra casa y en otra ciudad.

Mi recuerdo no afirma, en cualquier caso, que viéramos un partido completo ni que yo estuviera interesado en el fútbol. De hecho es un fogonazo, que dura dos o tres segundos de completo silencio. Ese silencio es acaso lo más sospechoso del recuerdo, en particular en relación a mi padre, que veía las noticias impasible, pero era incapaz de quedarse callado cuando miraba partidos de fútbol. Aún hoy esa es una diferencia entre nosotros: yo veo los partidos en estado de tensión absoluta y apenas dejo caer algún comentario, mientras que mi padre vocifera instrucciones y putea al árbitro como si pudiera influir en el juego.

∞

Pienso en el extraordinario comienzo de *Habla, memoria*, de Nabokov: el niño «cronofóbico» que mira una película anterior a su nacimiento y ve a su madre embarazada y la cuna que preparan para él le parece una tumba. Pienso en el devastador *primal scream* de Delmore Schwartz, «En los sueños empiezan las responsabilidades», uno de los relatos más hermosos que he leído jamás, o en los delirios geniales de Vicente Huidobro en *Mio Cid Campeador*, o de Laurence Sterne en el *Tristram Shandy*. Pienso en el estremecedor «recuerdo inventado» que da forma a *La lengua absuelta*, de Elias Canetti, y en fragmentos de Virginia Woolf y de Rodrigo Fresán y de Elena Garro. La lista empieza a volverse interminable, busco y rebusco en las repisas libros que quiero releer, pero de pronto reparo en que mi hijo lleva demasiado tiempo en silencio. Compruebo que está en el suelo, con sus crayones. Después de varios meses dedicado a dibujar licuados, ahora se especializa en pizzas y en planetas y en pizzas-planetas.

Mi primer recuerdo no es, en apariencia, traumático, pero basta un análisis somero para descubrir que en esa película estoy *expuesto* a la televisión y al fútbol y al machismo y al azúcar y al ácido fosfórico, de manera que el recuerdo actúa como fundamento, e incluso, eventualmente, como justificación y coartada. Una lectura más colectiva me lleva a contraponer ese recuerdo con las imágenes de época: calles arrasadas por la violencia militar donde algunos hombres y mujeres resisten con valentía suicida e idealista –pero no mi padre, que está conmigo viendo un partido de fútbol, ni mi madre, que nos sirve Coca-Cola.

En la vida de mi hijo un «primer recuerdo» similar al mío sería imposible, porque ha crecido en un mundo, o al menos en un *interior*, en que ninguna mujer está al servicio de ningún hombre, un mundo donde es su padre quien todas las mañanas le prepara el desayuno en una cocina en cuyo refrigerador no hay botellas de Coca-Cola, de hecho él nunca ha probado una Coca-Cola (ni normal ni light ni zero). Y nunca ha visto un partido de fútbol, porque nunca ha visto televisión y porque actualmente el fútbol se juega en estadios vacíos.

Dejé de fumar y bebo alcohol muy ocasionalmente –aunque igual mantengo un pequeño barcito con vinos, piscos y mezcales en botellas tamaño bonsái– y puedo pasar temporadas largas sin comer carnes rojas ni pollo con hormonas, pero no he podido remediar del todo mi adicción a la Coca-Cola; cada tanto me compro una y mi hijo me mira tomarla con curiosidad, aunque está seguro de que, como siempre le aclaro –con un énfasis que pronto comenzará a parecerle sospechoso–, se trata de una medicina que sabe horrorosamente mal, al punto de que después de tomarla improviso unas convincentes arcadas.

∞

91

En una mesita baja junto al escritorio apilamos los borradores de los poemas, novelas o ensayos que mi esposa y yo escribimos. De ahí recicla mi hijo las hojas para sus pizzas y planetas. Esta mañana me regaló un planeta verde y rosado, recortado con dispareja destreza, y me sorprendió encontrar, en el reverso, estas palabras: *Dejé de fumar y bebo alcohol muy ocasionalmente...*

Me cae medio mal la persona que escribió ese párrafo. Pero esa persona soy yo. Y sigo siendo yo. Desconfío profundamente de la satisfacción que me provoca pensar que mi esposa y yo *lo estamos haciendo bien*. Seguro que mis padres también pensaban que lo hacían bien, y yo mismo pienso de unos amigos, cuya encantadora hija ve televisión y come papas fritas todos los días, que lo hacen bastante bien, tal vez mejor que nosotros. En materia de crianza, en cualquier caso, el pánico de hacerlo mal es muchísimo más gravitante que el deseo de hacerlo bien. Descubro, en la misma vena, que tal como les pasa a tantos otros padres debutantes, especialmente a los padres tardíos, lo que realmente quiero no es *vivir mejor* sino *vivir más*. No morir tan pronto, pues.

∞

—Papá, cuando yo era bebé, ¿la tele servía? —me pregunta el niño de repente.

—No me acuerdo —le respondo—. Creo que sí.

Hasta aquí ha creído que la tele de nuestro cuarto está descompuesta. Siempre le mostramos, en todo caso, en el teléfono, algunos videos (como el de «Yellow Submarine», responsable de su ojalá incurable beatlemanía) y unas decenas de fotos, en especial de sus primeros meses de vida; de ahí su idea de *haber sido bebé*, que ha consolidado en su cabeza la diferencia entre un tiempo remoto y nebuloso y un pasado que sí recuerda. Cada vez que conoce a algún recién nacido me pide mirar esas fotos para él tan antiguas que relatan la infancia de su infancia. Absorto en el juego de reconocerse, las contempla con silenciosa seriedad. Remarco su silencio porque no es un niño silencioso, en lo absoluto, sino conversador, fabulador, chamullento.

En cuanto a su relación con el fútbol, hubo un tiempo en que no parecía interesarle para nada, consideraba la pelota de trapo como un peluche más. La primera vez que me vio patearla me miró con extrañeza, pero a los dos segundos agarró a una pobre cebra de felpa y la pateó también, y enseguida se convirtió en un experto en el arte de patear peluches por toda la casa. Durante algunos meses siguió atribuyéndole a la pelota la condición de juguete estático y aunque ocasionalmente, como para darme en el gusto, la pateaba, era más frecuente que le conversara y que me pidiera que le hiciera alguna voz.

Ahora jugamos a diario, en el patio pequeño o temerariamente en el living, le gusta mucho. Como todos los padres, me dedico a perder, a ser goleado. Ser padre consiste en dejarse ganar hasta el día en que la derrota sea verdadera. Por lo demás, cuando mi hijo mete algún gol que realmente yo no he podido evitar, mi satisfacción es doble e innegable. Y si soy yo quien, por error de cálculo, le marco un gol involuntario, él de inmediato cambia las reglas y anula la conquista. A veces se aburre no de jugar, sino de que el juego sea exactamente como es, y le incorpora unas sacudidas que me suenan a danzas folclóricas de países desconocidos.

∞

Hubo un tiempo en que el acto de vandalismo más habitual de mi hijo consistía en apoderarse del papel higiénico para desarrollar una serie larga de juegos insondables, muy abstractos. Entiendo que buena parte de los niños del mundo comparten esa afición. Si editaran su propia revista con lapidarias reseñas de pañales incómodos y feroces diatribas contra el destete, seguro que también dedicarían varias páginas a los juegos con papel higiénico, que vendrían a ser como la sección de deportes.

–No es papel de baño, papá –me dijo una mañana, adelantándose a mi reacción–. Es confort.

Hacía poco me había preguntado por qué los chilenos llamamos *confort* al papel de baño, y el afán de hablarle siempre con la mayor cantidad de palabras posible (es casi el único aspecto de la crianza en que he sido de verdad consistente) me había llevado a una digresión larguísima acerca de marcas genéricas –intenté usar ejemplos familiares como *kleenex* o *crayola*– y a la curiosa frase *¡no hay confort!*, que de por sí suena a reclamo social o filosófico, pero pronunciada por un chileno tiene un significado bastante más preciso y apremiante. No sé cuánto habrá entendido el niño de mi explicación, probablemente muy poco, pero de ese diálogo surgió el chiste cotidiano de llamarnos a cada rato mediante la frase *¡no hay confort!*, y enseguida matizarla, aclarando: *¡no hay confort Confort!*

Mi hijo siguió llamando *papel de baño* al papel higiénico, porque habla mexicano –mexicanísimo, en realidad–, pero me parece que esa mañana prefirió usar la palabra chilena (su *lengua paterna*) quizás con la intención estratégica de cautivarme o distraerme o desconcertarme.

–Ya sé lo que voy a pedirle al Viejito Pascuero –me dijo enseguida, de nuevo usando una referencia chilena.

94

—¿Qué?

—Un confort —me respondió.

—¿Chileno?

—Chileno o mexicano, me da lo mismo. Pero que sea para mí solo.

Era agosto o septiembre, faltaba mucho para la Navidad, pero con los días comprobé que no era una broma, era su pedido oficial, realizado por diferentes vías; era lo único que quería, un rollo de papel de baño para que lo dejáramos jugar tranquilo, en perfecta y autónoma soledad. Hacia finales de diciembre, sin embargo, al abrir los regalos, su pasión por el papel higiénico ya formaba parte del pasado.

∞

«Los niños sirven para que sus padres no se aburran», dice un personaje de Iván Turguénev, y si el chiste funciona es porque la vida con hijos puede parecernos, por el contrario, un incesante sacrificio cotidiano. Muchas veces, sin embargo, he solucionado momentáneamente la angustia o la rabia o la melancolía jugando con mi hijo, como si su existencia funcionara no solo como un pasatiempo, sino también como un antidepresivo o un ansiolítico.

La semana pasada un querido amigo me llamó para hablarme de su regreso al alcoholismo y de sus incontrolables maratones de Netflix (su interacción más frecuente con el mundo consistía en contestar la pregunta *Are you still watching?*) y de los continuos arrebatos de tristeza que habían precipitado su inesperada calvicie.

—No sé cómo lo hacen ustedes —me dijo de repente, cambiando de tono o de ritmo.

—¿Por qué?

–Con un hijo.

«Cómo lo haces tú *sin* un hijo», estuve a punto de contestarle, pero no quise defraudar su expectativa: me alegraba saber que, pese a todo, mi amigo sentía o presentía que él estaba mejor que nosotros. Hay algo tan definitivo en la paternidad que hasta entonces no se me había ocurrido pensar en cómo habrían sido estos meses si los hubiera vivido en soledad. De pronto me vi en un mundo paralelo donde yo era, como mi amigo, un avinagrado personaje alopécico, y me costó muchísimo imaginar de dónde diablos sacaría la energía para buscar a manotazos, entre las sábanas, el control remoto (iba a escribir «para seguir viviendo», pero me pareció una frase demasiado dramática, aunque seguro que en ese atroz mundo paralelo esa frase no me habría parecido, en lo absoluto, dramática).

∞

«La onomatopeya construye el mundo, el sonido da color a la idea», escribe David Wagner en *Cosas de niños*, un libro genial que me gustaría citar entero. Recuerdo con cierta nostalgia prematura el tiempo en que mi hijo y yo pasábamos horas imitando sonidos de animales –cuando se nos acababa el repertorio inventábamos también la risa de los perros, o el llanto de los caballos, y el juego seguía hasta que nos perdíamos gozosamente en el sinsentido: cómo bostezan las urracas, cómo tartamudean los cocodrilos, cómo estornudan los tlacuaches.

De todas las especialidades de cuidados paternos –lazarillo de escaleras, asistente de vestuario, hermanador de calcetines, recolector de juguetes regados por el suelo, *cheerleader* de almuerzos, salvavidas de piscina individual, etcétera– la que he desempeñado con mayor alegría y creo que destreza ha sido la de inventor e intérprete de voces de toda clase de objetos, algunos bastante típicos –una preciosa jirafa «transicional» o unos títeres de dedo que hablan español con distintos acentos– y otros harto más difíciles de humanizar, como la cafetera, las ventanas, el estuche de la guitarra, el omnipresente termómetro y hasta algunos artefactos que considero, de entrada, antipáticos, como la pesa o –cómo la odio– la olla a presión.

La paternidad vuelve a legitimar juegos que abandonamos cuando el sentido del ridículo consiguió gobernarnos por entero, incluyendo, tristemente, la intimidad. Pienso en el animismo, un sistema de creencias que nunca desatendí del todo, pero que ahora, en compañía de mi hijo, ha vuelto a resultarme no solo divertido sino además necesario. Me gusta mucho esa escena de *Chungking Express*, la película de Wong Kar-wai, en que un personaje habla con un enorme Garfield de peluche: me gusta porque es cómica y seria al mismo tiempo; porque es kitsch, como la vida, y porque es trágica, como la vida.

∞

–¿Qué tal la escuela? –le preguntamos a nuestro hijo con culposa ansiedad cuando llevaba unos pocos días yendo al colegio y faltaban unos meses para que la pandemia estallara.

–La maestra Mónica se murió –nos contestó.

–¿Y la maestra Patricia?

–También se murió.

–¿Y los niños?

–Los niños se acabaron. –Su tono quería ser objetivo o de verdad noticioso, pero sonó involuntariamente dulce.

Su recién adquirida idea de la muerte se originaba en la experiencia de haber visto, en el patio, una flor marchita. Me pregunto de qué manera ha cambiado, a lo largo de estos meses, su idea de la muerte; me pregunto una y otra vez, incapaz de evitar la gravedad, qué recordará mi hijo de todo esto. Lo imagino dentro de quince o treinta años revisando un disco duro de quién sabe cuántos terabytes hasta encontrar las fotos que documentan el tiempo de la amnesia. Y quizás prefiero imaginar que nunca ve esas fotos, que nunca lee nuestros libros, que nunca lee este ensayo. Imagino que es libre de juzgarnos con severidad, que en su cabeza somos unos salvajes que se farrearon el planeta, tal vez unos cobardes de la peor especie, es decir de esos que se creen valientes. Quizás prefiero imaginar que ese adulto del futuro nos ama como yo amo a mis padres: con un amor incondicional y el deseo ferviente y probablemente fallido de no parecerme a ellos.

∞

«El recuerdo se organiza no desde el pasado ni desde el presente, sino desde el porvenir», conjetura el psicoanalista Néstor Braunstein en *Memoria y espanto*, su fascinante ensayo sobre los primeros recuerdos en la literatura, y enseguida agrega: «Lo que uno llega a ser no es el resultado, sino, por el contrario, la causa del recuerdo».

Un breve puente de madera que crucé una y mil veces; un tomate recién madurado que mi madre arrancó jovialmente de una mata, con ademanes de niña traviesa, y que apenas limpió con su blusa antes de darle una mascada; un piano de pared que pertenecía a los dueños de la casa arrendada en que vivíamos y que por lo mismo permanecía cerrado, aunque yo metía la mano hasta que conseguía hacer sonar las teclas; una mañana en que yo saltaba con aparente indolencia en el colchón recién meado (por mí); un triciclo que manejábamos con mi hermana y la diversión absurda y desafiante de atropellar las uvas que había en el suelo, bajo el parrón; las conversaciones divertidas, a través de la reja, con alguien un poco más grande que yo que se llamaba Danilo y que se definía a sí mismo como «un niño de la calle». Todas esas escenas están ligadas a la casa de Villa Alemana donde vivimos en 1978 y 1979 y funcionarían perfectamente como primeros recuerdos. En realidad no tengo ahora ni creo haber tenido nunca herramientas para ordenar estos hechos en una línea de tiempo.

∞

Todos los días siento que mi hijo cambia y que sus vaivenes y aceleraciones han construido la música que nos ha permitido sobrellevar estos meses con alegría. Hace unas semanas entró en una burbuja, con otros cinco niños y una paciente profesora, y todas las mañanas anuncia que no quiere ir, pero va y lo disfruta; necesita a esos niños que no juegan ni bailan a su pinta pero le enseñan algo. Se ayudan entre todos, se alejan de sus padres a alegres pasos de tortuga.

Creo que Turguénev tenía razón, y no hay contradicción alguna: los padres existen para divertir a sus hijos y los hijos sirven para que sus padres no se aburran (ni se angustien). Son ideas complementarias que tal vez podrían servirnos para ensayar nuevas definiciones de la felicidad o del amor o del cansancio físico, o de todo eso junto, simultáneo. Ahora mismo, mientras escucho en la radio las dolorosas noticias matinales, extraño la compañía de mi hijo –suele levantarse a las seis o incluso antes, pero ya casi son las siete y sigue en la cama y tengo ganas de despertarlo, porque estoy aburrido, porque estoy angustiado.

II

GARABATOS

I

«Estimado hueón conchetumare reculiao», escribe Darío en su cuaderno, «hace días que no sé nada de ti, ahueonao de mierda, seguro que te tiraron una bolsa de caca y de vómito en la calle, y que no se te pasa el olor a bosta de caballo y a peos alemanes, y más encima te estái tirando flatos con olor a pico, perro sarnoso.» La carta es más larga, una hoja entera por lado y lado.

Darío la lee en voz alta, satisfecho con el resultado: él no habla así, para nada, incluso en el colegio hay quienes comentan, con sorna, que habla *demasiado bien*, como acusándolo de algo, como si un niño de once años estuviera obligado a hablar a puros garabatos. Y sin embargo ha conseguido escribir una carta total y descaradamente indecente –es un triunfo absoluto.

Cierra el sobre con abundante saliva, corre ansiosamente a casa de Sebastián y lanza la carta a las baldosas de la entrada, emulando la técnica de los carteros. Regresa contento, aunque luego piensa que tal vez lloverá y que la carta, que tanto trabajo le ha costado, se desintegrará en el suelo. Pero no es probable que llueva, para nada, más bien está inquieto y hasta medio arrepentido –recién ahora, con la carta ya entregada, se le ocurre la aterradora posibilidad de que Sebastián no entienda el juego y la carta le parezca ofensiva o incomprensible.

Su amistad con Sebastián es un afortunado coletazo del miedo a los perros –a todos los perros, en general, pero en particular a Simaldone, un vociferante y minúsculo quiltro rubio, lanudo y antipático que estuvo cinco veces a punto de morderle los tobillos. Era ilógico y humillante volver a casa por el camino largo, pero gracias a ese rodeo Darío empezó a encontrarse con Sebastián, que cada tarde pasaba un par de horas en el pasto del antejardín, echado al sol con sus colosales anteojos oscuros, aunque todavía faltaba para el verano, y algunas tardes, de hecho, estaba nublado y hacía frío.

–¿Es verdad que no tienes papá?

Darío no es insensible ni imbécil, pero la primera vez que habló con Sebastián soltó esa pregunta brutal. Solía pasarle cuando ensayaba demasiado. Llevaba días queriendo hablarle y hasta había decidido que rompería el hielo, como los adultos, con alguna frase sobre el clima o sobre música o sobre fútbol, pero en el momento crucial se puso nervioso y lanzó esa pregunta desgraciada, que igual era honesta, porque en el barrio casi nadie sabía el nombre de Sebastián, todos lo llamaban *el niño sin papá*. Más que un apodo, por supuesto, era una condición enunciada en voz baja, en el tono en que se señala una enfermedad vergonzosa o mortal, acaso contagiosa: un estigma basado en la sola evidencia de que Sebastián y su madre eran los únicos habitantes de esa casa. Nadie en el barrio estaba al tanto de los pormenores de la historia.

104

—Es más o menos verdad, no conozco a mi padre —respondió Sebastián, en tono casual, justamente como si hablara sobre el clima o sobre música o sobre fútbol–. Por ahí debe andar, pero no lo conozco ni quiero conocerlo. Hay gente que es mejor no conocer nunca. Capaz que me llevara puras sorpresas desagradables.

Darío se quedó helado. Quería saberlo todo, siempre quería saberlo todo, pero solo se le ocurrían más preguntas estúpidas.

—¿Has visto fotos de tu papá? –le preguntó finalmente.

—Sí. Cinco o seis.

—¿Y te pareces a él?

—O sea, tiene mi misma nariz puntuda. Y creo que también los ojos verdes, pero no estoy seguro, porque son fotos en blanco y negro.

Sebastián se veía concentrado, pensativo.

—Te gusta mucho tomar el sol —observó Darío, unos segundos después, para cambiar de tema.

—No me gusta tomar el sol.

—Pero todas las tardes te echas en el pasto a tomar el sol.

—No es cierto. No estoy tomando el sol, estoy mirando el cielo. Las nubes, sobre todo. Y algunos pájaros.

«No estoy tomando el sol, estoy mirando el cielo», repitió mentalmente Darío. Pensó que recordaría esa frase.

—Pero casi no hay nubes.

—Igual me gustan las pocas que hay.

Era una tarde fría, de nubes en efecto escasas pero juguetonas, como dibujadas a la rápida, para salir del paso o para combatir el aburrimiento. Sebastián hablaba con el sonsonete de un adulto sabio, aunque de pronto lanzaba ráfagas de risas inseguras y coquetas.

—¿Y se ven oscuras las nubes?

—Sí. Me gustan más las nubes oscuras.

Sebastián se quitó los lentes de sol y se los pasó a Darío con supersticiosa cautela, como si maniobrara unos delicados prismáticos o una pesada bandeja repleta de cristalería. Darío miró el cielo y trató de ver lo que Sebastián veía. Y creyó conseguirlo. Fue la primera vez que intentó ver el mundo a través de los ojos de otra persona. De los ojos y de los anteojos. Se quedaron en un curioso silencio sincronizado, como si hicieran turnos de respiración. Sebastián aspiraba cuando Darío espiraba.

—¿Has andado en avión? —preguntó Sebastián.

—No.

—Es emocionante cruzar las nubes. Sientes que vas a chocar, pero no pasa nada. A veces el avión tiembla un poco, pero no pasa nada.

—¿Adónde fuiste?

—A ninguna parte, pero me contaron. Varias personas. Cada vez que conozco a alguien que ha viajado en avión, le pregunto si ha chocado con las nubes.

—Deben ser emocionantes. Las dos cosas.

—¿Cuáles dos cosas?

—Andar en avión y cruzar las nubes.

—Sí. Como cuando vas en auto y la neblina no te deja ver el camino.

—Entremos a tu casa —dijo Darío.

—¿Para qué?

—Quiero ir al baño.

—Mea en las ligustrinas.

—Quiero hacer caca.

—¡Anda a tu casa!

Darío insistió, dijo que no alcanzaba a llegar a su casa. No era cierto, ni siquiera tenía ganas de ir al baño, quería conocer la casa de Sebastián, le gustaba conocer las casas ajenas, aunque todas eran prácticamente iguales, quizás justo por eso le gustaba; cada detalle, cada ligera diferencia, le generaba una serie larga de conclusiones: presencia o ausencia de discos, de crucifijos, de pergaminos, de guitarras, de botellitas de adorno, de enciclopedias, de artesanías.

Encerrado con pestillo en el baño de Sebastián, lo primero que hizo fue inspeccionar el botiquín con la esperanza de encontrar medicamentos extraños de nombres graciosos, pero no había más que gomina, algodón y un enorme frasco de metapío. Luego se fijó en las orillas de la tina y lo que vio tampoco le pareció inusual ni relevante: el mismo champú y el mismo bálsamo que usaban todos en el barrio. Cuando salió del baño, sin embargo, descubrió algo inaudito: Sebastián ocupaba la pieza grande y su madre la pieza chica. Que un niño durmiera en la mejor pieza de la casa y su madre se conformara con la peor habitación desafiaba casi todo lo que Darío sabía o creía saber sobre el mundo.

–Yo no lo encuentro tan raro –dijo Sebastián cuando Darío se lo hizo notar–. Yo tengo muchas cosas y mi mamá no tiene nada.

Tal vez era cierto, porque la pieza de Sebastián estaba repleta de adornos y juguetes, incluidos cinco prominentes transformers, entre ellos el mismísimo Optimus Prime (también Darío tenía un transformer, por desgracia un personaje muy secundario, que salía apenas en un capítulo de toda la serie). Darío pensó que la madre de Sebastián lo consentía, lo que en cierto modo probaba que el infortunio de no tener papá también resultaba ventajoso. Luego, mientras compartían un yogur en la cocina, Darío pensó que no tener papá era incluso irrelevante comparado con la indiscutible tragedia de no tener mamá.

—¿A qué hora llega tu mamá? —preguntó, a propósito.

—Siempre llega tarde —dijo Sebastián—. Tiene harta pega, es secretaria.

Casi enseguida, como si quisiera desmentirlo, apareció Lali. Darío la había visto muchas veces en la parroquia, sentada junto a Sebastián en las últimas filas, y últimamente solía topársela también en la calle, vestida con ese mismo uniforme, de vuelta del trabajo, menudita y medio encorvada; caminaba rápido, concentrada en el camino, tal vez porque no quería saludar a nadie, o porque sabía que nadie iba a saludarla a ella, pensaba Darío. Esta vez Lali saludó a Darío con familiaridad, como si estuviera acostumbrada a encontrarlo ahí o a encontrar a su hijo acompañado. Antes de encerrarse en la pieza chica, su pieza, Lali les sirvió unas porciones generosas, exageradas, de cassata brick, los tres sabores para Darío y solamente dos para Sebastián.

—Es que estoy en contra del helado de chocolate —explicó Sebastián.

—¿No te gusta el chocolate?

—Sí me gusta, a quién no le gusta el chocolate. Pero no me gusta en el helado. El chocolate es cálido, es absurdo convertirlo en helado. Es como una contradicción.

Los niños discutieron apasionadamente acerca del helado de chocolate y también hablaron sobre el helado de vainilla y el de frutilla una cantidad de tiempo inverosímil, como si fueran dirigentes sociales decidiendo el futuro del país, aunque de pronto también parecían unos locutores obligados a rellenar la programación. Cuando Darío se iba vio a Lali, ahora en camisa de dormir, con los audífonos de un inmenso personal estéreo en los oídos. Darío asociaba los personal estéreo a la gente joven, nunca había visto a una persona adulta, mucho menos a una madre, con audífonos.

II

Darío y Sebastián se volvieron de inmediato inseparables. Se juntaban a diario, de lunes a domingo, y no necesitaban ponerse de acuerdo: Darío aparecía a las cinco, a veces más temprano, y casi siempre se echaban a mirar las nubes siguiendo un complicado sistema de clasificación que había inventado Sebastián. Pero también hablaban de cualquier cosa o jugaban a los penales o a manguerearse. Ocasionalmente, hacia el final de la tarde, Darío volvía a juntarse con sus otros amigos, que ahora lo trataban con recelo. Una niña indiscreta le contó que a sus espaldas lo llamaban *el amigo del niño sin papá*. No le importó, o le importó poco.

Un día Darío y Sebastián se encontraron por casualidad en el paradero, ambos volvían de sus respectivos colegios. Celebraron la coincidencia, que era normal, esperable, pero que ellos entendieron como un guiño favorable del destino.

—¿Vamos a tu casa? No la conozco —dijo Sebastián.

Al turista consumado de hogares ajenos no le gustaba mostrar su propia casa, pero se alegró con la idea repentina y romántica de que su amistad con Sebastián alcanzaría, de esta manera, una especie de plenitud.

—Pero pasemos por tu casa primero —dijo Darío.

—¿Para qué?

No supo qué responder. Lo que Darío quería era evitar el camino corto, que era la ruta natural desde el paradero hasta su casa. La angustia que le provocaba volver a enfrentar a Simaldone era inmensa, las piernas le flaqueaban un poco más a cada paso y hasta sintió que iba a caerse, a desmayarse, así que decidió caminar más rápido para terminar de una vez con esa escena tortuosa. Sebastián también aceleró el paso, creyendo que era un juego. Contra todo pronóstico, el pendenciero quiltro los recibió con serenidad, como si los esperara, o más precisamente como si esperara a Sebastián, porque ni siquiera pareció reparar en la presencia de Darío. Sebastián se detuvo a acariciar al perro, que agradeció los mimos con unos lengüetazos. Darío no podía creerlo.

–¿Tuviste alguna vez un perro?

–No, pero me gustan los perros.

Darío estuvo a punto de revelarle a su amigo que les tenía miedo. Prefirió callar, claro.

Esa tarde almorzaron charquicán, jugaron Atari y tocaron la guitarra (Sebastián no sabía, pero consiguió un LA bastante bien ejecutado para un principiante).

–Lo pasé mortal –dijo el invitado al marcharse–. Me gustó tu casa, aunque prefiero la mía.

Era una suerte de chiste, que Darío no entendió, y que luego recordó obsesivamente, porque justo al día siguiente Sebastián, sin mediar ningún aviso o advertencia, desapareció. Los primeros días Darío tocaba el timbre a cada rato y de pronto estuvo seguro de que tanto Sebastián como su madre estaban en casa pero no querían abrirle. No había ningún motivo para creer eso, pero Darío se aferró a esa idea molesta. Fue entonces cuando, medio aburrido pero también medio angustiado, escribió esa carta repleta de garabatos.

III

La carta, ya medio amarillenta, lleva dos semanas en el antejardín. La hipótesis principal de Darío es que Sebastián conoció a su padre y que se han ido con su madre a vivir los tres juntos a otro lugar, tal vez incluso a otro país, pero también tiene otras teorías menos precisas y más inquietantes, algunas incluso sobrenaturales. Por fin una mañana encuentra, entreverada en las buganvilias de su jardín, la gloriosa carta de respuesta de Sebastián, que es tanto o más divertida y grosera que la carta original. Lo emociona comprobar que su querido amigo entendió a la perfección el juego. Y le gusta su letra, le parece original, es una mezcla extraña de mayúsculas, minúsculas, cursivas e imprentas.

—¿Por qué desapareciste tantos días? —le pregunta Darío esa misma tarde, muy en serio, aunque trata de sonar despreocupado.

—Me estaba escondiendo de un conchadesumadre recontraculiao hijo de perra con cara de pichulón con moco y hediondo a raja peluda —responde Sebastián.

La risotada es interminable, como un temblor con numerosas réplicas, pero de a poco surge el silencio y Darío insiste, quiere saber la verdad. Sebastián le explica que tuvieron que irse a Quillota a cuidar a su abuela enferma.

—¿Y ya está mejor?

—Se murió.

Sebastián no parece triste y quizás por eso Darío piensa que es mentira, que es una broma, de hecho está a punto de reírse. Pero luego, unos segundos más tarde, es capaz de encontrar o de enfocar la tristeza en la cara de su amigo. En la familia de Darío no ha muerto nadie, su rudi-

111

mentaria idea de la muerte se reduce a la desaparición de su gato Veloz, hace ya demasiados años, ni siquiera lo recuerda bien.

–Creo que faltan Vitacura y Recoleta y unas tarjetas de destino –dice Sebastián, en el living de su casa, mientras montan el tablero de *La gran capital*.

–No tengo ganas de jugar –dice Darío–. Háblame de tu abuela.

–No quiero –responde Sebastián–. Por eso quiero jugar esto, para no pensar en ella. Ella odiaba este juego.

–¿Por qué?

–Porque es un juego de mierda, para empresarios chupasangre.

–No juguemos.

–Juguemos, para hacer algo. Me voy a poner a llorar si hablo de ella.

Al final no juegan, se echan en la cama y miran unos capítulos de *Mi bella genio* y *La hechizada* mientras Darío piensa en la tristeza de Sebastián y trata de imaginarse la vida sin su abuela, es decir, sin su abuela materna, además de sin papá, y por lo tanto sin abuela paterna. Le pide a Sebastián un cuaderno y empieza a escribir otra carta. Sebastián se suma enseguida y cuando terminan las leen en voz alta y se cagan de la risa. Se vuelve una costumbre, dos o tres veces por semana escriben juntos las cartas, codo a codo, en la mesa del comedor; es una especie de taller literario permanente.

En la vida real su relación es armónica e idílica, mientras que de esas cartas emana un mundo paralelo en que los niños son un par de garabateros compulsivos que nunca se ven y que se reprochan toda clase de asuntos.

–Salgamos a caminar sin rumbo fijo –propone a veces Darío, que adora esa frase medio exagerada, la usa todo el tiempo.

Se siente seguro caminando con Sebastián, que no solo suscita el respeto unánime de los perros; lo que Sebastián inspira en los perros, piensa Darío, es verdadera devoción, si hasta los más ladradores lo miran embobados. A lo largo de esas caminatas, sin embargo, a Sebastián suele entrarle la culpa, pues su madre le prohíbe ir más allá de las seis o siete cuadras del barrio. Tampoco es que Darío lo tenga permitido; esa es más bien una de las tantas zonas grises del contrato de la infancia.

–No me gusta mentirle a mi mamá –confiesa Sebastián hacia el final de una tarde ya casi de verano.

De pronto realmente están medio perdidos en un paisaje extraño de industrias y vulcanizaciones. El conductor de un triciclo les dice cómo volver a su barrio.

–Tu mamá nunca se va a enterar. ¿Y por qué te cuida tanto?

–Porque soy lo único que tiene.

–Claro.

Se quedan en silencio durante una luz roja que se les hace especialmente larga. Llevan ya mucho rato caminando y no están seguros de avanzar en la dirección correcta. Se alegran cuando reconocen una larga hilera de ciruelos y luego los locales comerciales donde a veces juegan tacataca. Están apurados, pero igual juegan un partido rápido.

–Por eso hay gente que tiene dos hijos, o muchos hijos –dice Sebastián–. Si se te muere uno, te queda otro, y así. No te puedes matar, por más triste que estés.

–¿Y qué pasa si yo me muero? –pregunta Darío justo cuando mete un gol de remolino.

–Es que ustedes igual son tres. Si tú te mueres, tus pa-

113

pás no se van a matar, van a estar toda la vida medio tristes, pensando en su hijo muerto, mirando fotos, pero no se van a matar. Pero si yo me muriera, mi mamá se quedaría sola. Yo creo que no aguantaría, se pegaría un balazo.

Vuelven a casa unos minutos antes que Lali. Ella les prepara leche con esencia de vainilla y enseguida enciende su personal estéreo. Con los ecos de la conversación con Sebastián aún hormigueando en su cabeza, Darío piensa que Lali sigue triste por la muerte de su madre, aunque en realidad lo que piensa es que Lali siempre ha estado triste, que *es* una persona triste. Y que la música que escucha, por lo tanto, debe ser triste. Le pregunta a Sebastián qué tipo de música escucha su mamá. Él dice que no sabe bien. Darío intenta acercarse a Lali lo suficiente como para descifrar el enigma, pero al parecer ella escucha música a un volumen moderado, y como tampoco marca el ritmo con la cabeza o con ninguna otra parte del cuerpo, Darío llega a pensar que en realidad tiene el personal estéreo apagado y usa los audífonos para crear una barrera a su alrededor.

–¿Qué tipo de música escucha? –le pregunta directamente, envalentonado.

–¿Dónde está el Seba?

–En el baño –responde Darío.

Lali se sienta en el sofá, como si necesitara un tiempo para responder la pregunta.

–¿Quieres saber qué estoy escuchando, o qué música me gusta, así, en general?

–Las dos cosas.

–Unos tangos. Pero no me gustan tanto. Los escucho porque le gustaban a mi mamá. Este casete se lo regalé yo para un cumpleaños. Cuando era joven me gustaban los Bee Gees. Bueno, todavía soy joven. Y todavía me gustan

los Bee Gees. De los más nuevos me gustan REO Speed-
wagon y Debbie Gibson.

«Todavía soy joven.» Darío se queda pensando en la
posible juventud de Lali. Ningún padre ni ninguna madre
podrían parecerle jóvenes.

IV

Los amigos se pierden un poco de vista por la Navidad
y el Año Nuevo, y en enero Darío se va de vacaciones a
Loncura y Sebastián se queda solo, probablemente resigna-
do a mirar el cielo bajo el sol agresivo del verano santigui-
no desatado. A Darío le gusta la playa, a quién no, pero le
desagrada tener a sus padres encima todo el día, desesperados por divertirse. Extraña a Sebastián, muchísimo. Como
suele suceder en la costa, son días abochornados, casi fríos,
de nubes copiosas y lentas que apenas dejan pasar el sol.
Da un poco de risa o de pena ver a los veraneantes obstina-
dos clavando sus inútiles quitasoles en la arena.

Hay un teléfono amarillo cerca de la pequeña cabaña
de madera que arrendaron. Darío se pierde en el pensamiento inútil de llamar a Sebastián, que no tiene teléfono,
tampoco Darío; viven en un mundo sin teléfonos. Por las
tardes se acerca a la cabina y permanece a una cierta distancia escuchando las conversaciones ajenas. La comunicación es casi siempre mala y la gente grita frases muy pri-
vadas, a veces absurdas, que Darío intenta recordar para
anotarlas luego en su cuaderno: *me puse la mitad pero no es
para eso, claro que sé que es familia, que se vuelva caminando como siempre.*

Una noche se desvela, en pleno trance epistolar. Consigue escribir una carta brillante, groserísima, está casi se-

115

guro de que es la mejor de toda su abundante producción, y aunque su plan es dársela a su amigo cuando vuelva a casa, aprovecha un paseo a Quintero para ir al correo y mandársela certificada. Por suerte recuerda el número escrito en el frontis de la casa de Sebastián. Esa misma tarde por fin consigue que le compren unos lentes de sol bastante parecidos a los de su amigo. Las últimas semanas en la playa, Darío pasa horas echado en la arena con sus flamantes anteojos. Y hasta se le ocurren nuevas maneras de clasificar las nubes mientras piensa intensamente en la escena genial del cartero entregándole la carta a Sebastián.

Lo primero que hace de vuelta en Santiago es ir a ver a su amigo. Es temprano, calcula que Sebastián debe estar en casa, viendo tele. Pero no hay nadie o al menos nadie le abre la puerta, y Darío piensa que su amigo ha vuelto a desaparecer. Se queda de punto fijo, como un guardia de seguridad, esperando; ahí lo encuentra Lali, de vuelta del trabajo, que reacciona incómoda. La sospecha o el presentimiento de Darío esta vez es certero: Lali le dice que Sebastián está ocupado, que ha estado ocupado todo el día y que le ordenó no abrir la puerta, porque ya no pueden ser amigos. La mujer no quiere dar explicaciones. Darío insiste, ella lo deja hablando solo.

Vuelve a casa desolado, pateando una misma piedra. A la mañana siguiente encuentra una breve carta de Sebastián, sin garabatos: es un mensaje de ruptura, una renuncia a la amistad. Sebastián no lo explica bien, pero Darío entiende que Lali leyó las cartas y lo malentendió todo. Darío pasa horas especulando, no sabe si Lali las leyó todas o solamente una, lo que por supuesto da lo mismo.

Darío es insistente por naturaleza, pero Sebastián sigue sin abrir la puerta. Darío vuelve a interceptar a Lali, que vuelve a prohibirle que se aparezca de nuevo. Como último recurso, le escribe una carta a la madre de su amigo. Es la carta más florida y elocuente y con mejor caligrafía que ha escrito en su vida; la única que ha nacido del deseo imperioso de conseguir algo concreto; la única dedicada íntegramente a pedir disculpas. Tiene esperanzas, confía en que todo se solucionará, pero pasan las semanas y no hay respuesta. «Era un juego, Lali, era un juego, un simple juego.» Muchas noches se desvela susurrando esa frase con rabia.

Las pocas veces que se encuentran en la calle, Sebastián baja la vista y apura el paso. Quizás también ha sufrido o está sufriendo, pero Darío piensa que no se le nota y trata de que le caiga mal. Piensa en esa conversación sobre la muerte, pero no quiere ser compasivo, quiere despreciarlo. Decide que Lali es una vieja mojigata y la obediencia de Sebastián se le hace incomprensible, ella nunca se enteraría si siguieran siendo amigos. Pero Sebastián le obedece, le teme. Darío siente que es posible que llegue a odiar a Sebastián, pero lo extraña. Y extraña también a Lali.

Darío se empeña en salir lo menos posible. Por lo pronto está atrapado, no parece haber solución: cuando toma el camino largo lo angustia pasar por la casa de su ex amigo, y cuando escoge el camino corto los resultados son desastrosos, porque el odio de Simaldone se ha multiplicado por mil. «Los perros huelen el miedo», se dice a sí mismo, a veces en voz alta; ha escuchado esa frase toda la vida. La repite como un mantra, para envalentonarse, pero no sirve de nada.

Consigue faltar al colegio una semana entera inven-

117

tando sucesivas enfermedades. Cuando finalmente lo llevan al consultorio, resulta que sí está enfermo. Le diagnostican una enfermedad nueva, acaban de descubrirla, dice el doctor: colon irritable. Pero debe volver al colegio. Y Darío se niega. Hasta sus padres, más bien dados a ignorar los problemas, se dan cuenta de que algo más le pasa. Lo interrogan majaderamente hasta que no tiene más remedio que confesar su temor a Simaldone. Su madre le dice que se vaya por el camino largo, pero su padre, después de cagarse de la risa, sentencia que eso sería una estupidez, una mariconada: los hombres de verdad enfrentan sus miedos. Darío insiste en que solo le teme a ese perro, aunque en algún momento se ve obligado a admitir que les teme a todos los perros del mundo.

Una noche el padre de Darío decide hablar con los dueños de Simaldone. Es una situación rara. Los padres de Darío no suelen hablar con los vecinos; los adultos, en general, no hablan entre sí; son los niños quienes pasan todo el día en la calle, son como los emisarios de unas islas, los comerciantes de un archipiélago. El padre de Darío les dice a los dueños de Simaldone que no pueden tener al perro suelto todo el día. Los dueños de Simaldone argumentan que el perro solo está suelto durante el día y que cuida la casa y por extensión el barrio entero, es un perro valeroso. Por lo demás, solamente les ladra a las ruedas de los autos y a la gente desconocida o sospechosa. Tal vez Darío, insinúan ellos, es para el perro, por algún motivo, una persona permanentemente desconocida y sospechosa. En realidad Simaldone le ladra a casi todo el mundo, pero el argumento funciona y queda instalado casi como una verdad. Hacia el final de la improvisada reunión, el mismísimo Simaldone se acerca jadeando amistosamente al padre de Darío, que le acaricia el pelaje y le agarra la patita derecha como sellando un negocio.

«Tienes que enfrentar tus miedos», le dice el hombre luego a su hijo. Es una frase que pronunciada cuidadosamente hasta podría resultar tierna, protectora, pero la dice con dureza, como si fuera un decreto, como si prohibiera el miedo para siempre. Darío no quiere que su padre lo defienda de nada, no quiere que su padre vaya a hablar nunca más con ningún vecino, así que intenta, cada día, acostumbrarse a ese perro cínico y bravucón: se tortura a sí mismo caminando incluso más lento, como si quisiera, como si anhelara que el quiltro lo agrediera. Cada tanto se detiene y mira al perro a los ojos, que le ladra aún más fuerte, acaso medio desconcertado pero de todos modos intimidante. Y tal vez Darío desea exactamente eso: que Simaldone le clave los colmillos y todos entiendan que tenía razón, aunque luego deba andar con muletas la vida entera.

V

Pasan dos años repletos de minuciosos acontecimientos, la sensación de cambio es arrebatadora, mareadora: Darío acaba de cumplir trece años, es oficialmente alto y delgado, y unas constelaciones de odiosas espinillas señalan caricaturescamente su condición de adolescente. Ahora estudia lejos del barrio, en la jornada de la tarde, lo que en un principio no le gustaba, era como el mundo al revés, pero le ha pillado la gracia a levantarse pasadas las nueve y a desayunar solo y a escuchar música a todo volumen sin que nadie lo moleste.

Acaba de salir rumbo al colegio, camina rápido, a

tranco firme, pues lo que parece imposible se ha vuelto realidad: Simaldone ya no le ladra, se limita a gruñirle ocasionalmente cuando lo ve pasar. Pese a las canas alrededor del hocico, sigue siendo un perro joven dedicado a ladrar apasionadamente a las ruedas de los autos y también a algunas personas, sobre todo a los niños, pero por fin ha dejado en paz a Darío, quizás para siempre.

Darío llega al paradero y comprueba, contrariado, que no hay nadie más esperando la micro. Cuando los choferes ven a un pingüino solitario plantado en el paradero, suelen pasar decidida, pomposamente de largo, por eso Darío se siente ridículo ahí, en actitud mendicante; tuerce los músculos de la cara y aguanta la respiración, confiando en crear una especie de sensación adulta. Es una estrategia absurda que esta tarde, sin embargo, parece dar resultado —se ve que la micro disminuye la velocidad y Darío se prepara para una entrada triunfal y hasta alcanza a preparar una amplia sonrisa para el chofer, pero justo entonces siente un piedrazo en la espalda. Al darse vuelta ve a un niño de unos siete años que lo mira desafiante, con los mocos colgando.

—Qué te pasa, pendejo —le dice con un desprecio que igual suena compasivo.

—Qué te pasa a ti, conchetumare —responde el niño; su voz es muy aguda, incluso para un niño tan chico—. Súbete a la micro nomás, cobarde culiao.

—Cómo te atreves a sacarme la madre, pedazo de carne cruda. —Darío se resigna a perder la micro y quizás por esa vacilación le sale ese insulto raro, en realidad cómico: su abuela le dice así a veces, *pedazo de carne cruda*, de cariño.

—¿Qué te pasa con mi hermano, pailón culiao? ¿Querís que te hagamos parir, pan de pascua? —tercia el hermano del agresor, que había estado observando la escena es-

120

condido detrás de un árbol. Tiene quizás quince años, en cualquier caso se ve mayor que Darío, es unos centímetros más bajo pero mucho más fornido, un matón hecho y derecho.

–Tu hermano me tiró una piedra. –La frase suena inocente, Darío aún no entiende la emboscada.

Entonces sucede algo en cierto modo hermoso. El matón saca un pañuelo para sonarle los mocos a su hermano chico. Por unos cuantos segundos, mientras contempla esta escena fraternal, Darío baraja la esperanza de que todo quede ahí, en una bravata. Nunca ha peleado con nadie y nunca nadie le ha pegado a él, descontando las esporádicas cachetadas de su madre.

–Tírate al suelo, maricón del hoyo –le ordena el matón–. Ya, Pato, sácale la chucha, pero tú solo, como te enseñé; si trata de defenderse, te juro que lo hago pebre.

Darío obedece, el niño se ve más entusiasmado que rabioso, se nota que ese era el plan. Le pega a Darío unas patadas en las piernas, muerto de la risa; el agredido se cubre los testículos para al menos amortiguar los golpes. El hermano de Pato celebra cada patada como si presenciara un espectáculo de fuegos artificiales, más precisamente como si él mismo hubiera organizado el espectáculo y contemplara, orgulloso, su obra maestra.

La paliza es larga y enrevesada y hasta en cierto sentido tediosa. En algún momento, como si estuvieran en la playa y jugaran en la arena, Pato le lanza a Darío un puñado de tierra a los ojos que forma lodo con sus lágrimas todavía escasas. Mantiene los ojos cerrados varios minutos mientras Pato sigue pegándole patadas en las piernas y en el culo. Pasan algunas personas que esquivan sin más la pelea como se evita supersticiosamente pasar debajo de una escalera. Darío siente los pasos, las voces, la humillación. Pato y su hermano lo obligan a ponerse de pie y a caminar hacia una pequeña plaza o hacia algo que en el futuro debería convertirse en una plaza pero que por ahora es solo un cuadrado de pasto incipiente.

–Échate al suelo de nuevo, mermelada de huevas. Sigue pegándole, Pato, lo estái haciendo súper bien, campeón.

Pato le pega tres patadas en la cara, Darío siente la sangre que emana de su pómulo izquierdo y se adhiere al barro de lágrimas. Consigue agarrar los tobillos del niño, que cae al suelo pero de inmediato el matón lo socorre y castiga a Darío con una tremenda patada en las costillas y después de inmovilizarlo hace algo inesperado: le quita los zapatos a Darío y empieza a pegarle con ellos en la cabeza como matando mosquitos. Luego Pato y el matón revisan la mochila de Darío y encuentran el sándwich de queso de la colación, y se lo comen de buena gana. Darío se consuela con el pensamiento de que los agresores son pobres y tienen hambre, pero no está seguro. Antes de marcharse, los hermanos le quitan también la chaqueta.

Darío no pierde el conocimiento, pero le cuesta moverse. Vuelve a sentir voces y pasos, el ruido de los autos, de las micros. Es absurdo que nadie se acerque a ayudarlo. Cree sentir algo así como el brote de unos moretones en todo su cuerpo. Son moretones futuros, por supuesto, pero cree sentirlos ya inscritos, inevitables, en su cuerpo. Se quita la camisa para cortar el flujo de sangre en la cara.

VI

–¿Puedes caminar? –le dice alguien: Sebastián. Sebastián ha cambiado la voz, pero Darío la reconoce de inmediato. Al juntar esas palabras con el rostro de su ex amigo, siente una mezcla de gratitud y pánico. Mientras le explica confusamente que debe ir al colegio, pero que en ese estado es imposible, se fija en el borrador del bigote en la cara de Sebastián, aún no endurecido por la primera afeitada.

Darío tiene la esperanza de encontrar su mochila, pero los matones se lo llevaron todo. Se quita los calcetines y camina apoyándose en Sebastián. Es una pareja rara: Sebastián vuelve del colegio de curas donde sigue estudiando, con la corbata apenas ligeramente desanudada y el uniforme impecable, incluso los zapatos parecen recién lustrados, mientras que Darío camina con la camisa ensangrentada en la mano y descalzo y herido.

–No puedo ir a mi casa.

–¿Por qué?

–No quiero que me vean así.

–Entonces vamos a la mía –dice Sebastián.

Es una tarde de nubes rápidas, hay dos o tres lanzadas en una especie de carrera cuyo propósito acaso sea sumarse a una nube más grande. Pero ninguno de los dos mira el cielo, como antes, más bien se concentran en el suelo para avanzar con cuidado. Se cruzan con vecinos que los miran de reojo, solamente una mujer insiste en ayudarlos pero Sebastián contesta por los dos, con una sonrisa, que no se preocupe, que está todo bajo control. Darío hace un esfuerzo enorme por caminar un poco más rápido. Le duele todo el cuerpo pero no piensa en el dolor ni en lo que acaba de sucederle, sino en Sebastián, en la circunstancia extraña de caminar del brazo de su ex amigo o amigo de nuevo.

Ya en casa, el propio Sebastián le desinfecta las heridas con metapío («debe ser el mismo frasco de antes», conjetura Darío) y enciende la ducha. Mientras el agua tibia cae sobre su cuerpo, Darío piensa que Sebastián sabe qué hacer, es como si se dedicara a eso. Luego piensa más bien, simplemente, que Sebastián está más acostumbrado a estar solo en casa y quizás más preparado, por lo mismo, para la vida.

Su pantalón está sucio, pero no roto. La camisa, en cambio, está manchada y rajada, hay que tirarla a la basura. Sebastián le pasa una polera de color damasco y unas zapatillas viejas. La polera le queda bien, ahora es más alto que Sebastián, pero siguen siendo de la misma talla. Sebastián le da una dipirona y luego lo lleva a su pieza, que ya no es la pieza grande, sino la pequeña.

—Las cambiamos —le explica Sebastián, antes de que Darío se lo pregunte.

—Ya no tienes tantas cosas —dice Darío, por decir algo—. O tu mamá tiene más.

Sebastián se encoge de hombros y va a la cocina, Darío se queda solo en esa pieza que le parece una imitación de la pieza anterior aunque tal vez una imitación más razonable o más genuina. Quiere ponerse su mugriento pantalón pero le duele todo el cuerpo. Se tiende en la cama en calzoncillos. Duerme diez minutos. Cuando despierta cree que han pasado horas. No hace frío, pero Sebastián le ha echado encima una frazada. En el velador hay un vaso de leche fría, se lo toma casi al seco, en dos sorbos largos.

—¿Quieres ver una película?

—¿Cuál?

—Tengo varias —dice Sebastián.

–Pero ya las viste.

–Pero a lo mejor tú no. Y yo puedo verlas de nuevo.

–No sé. ¿Cómo has estado?

La pregunta de Darío es natural, pero suena forzada o triste. Tal vez por eso Sebastián se limita a sonreír. Sobreviene un silencio largo, que a Darío le provoca pesar. No es un silencio tenso, en cualquier caso. Es distinto al silencio que reina en su casa o al silencio de la misa o al silencio durante las pruebas, en el colegio. Tampoco es como el silencio de antes, cuando miraban las nubes o escribían sus cartas de garabatos, pero quizás sí, quizás se parece en algo al silencio de entonces.

Sebastián sale de la pieza y vuelve con un minicomponente y pone muy bajito *The Head on the Door*, el casete de The Cure; Darío conoce solo la primera canción, la tararea mentalmente. La música lo arrulla: despierta cuando el lado A acaba de terminar. Sebastián está en una silla, mirándolo. Darío piensa o quizás más bien sabe que su inesperado anfitrión lleva un rato ahí. Sebastián se levanta para dar vuelta el casete.

Darío se siente mejor, aún aletargado pero mejor. Se acurruca en la cama, como quien decide dormir diez minutos más, aunque no quiere dormir, en realidad. Imagina a su padre enojado, diciéndole que debe aprender a defenderse. Y él cree saber defenderse; cree que siempre, de alguna manera, ha sabido defenderse. Después recuerda al matón sonándole los mocos a su hermano pequeño, repasa la escena una y otra vez. Se imagina sonándole los mocos a un inexistente hermano menor o que él es el hermano menor y un enorme hermano mayor le suena los mocos. Piensa que tal vez era una lección, nada más: que tal vez a Pato le pegan en la escuela y su hermano mayor decidió enseñarle a defenderse de esa manera absurda y sanguinaria, equivocada. Se hunde en esa cama ajena, siente que la frazada le raspa las piernas; de pronto todo el dolor que siente a lo largo del cuerpo le parece producto de esa frazada rasposa. En eso llega Lali. Le da miedo enfrentarla, volver a verla. Escucha que ella y Sebastián hablan, no alcanza a entender la conversación, pero no gritan, no discuten, no hay un desacuerdo.

–¿Te sientes bien para levantarte? –le pregunta Lali en un tono casual, despreocupado, unos minutos después.

Darío asiente y ella misma lo ayuda a incorporarse.

–No te preocupes –dice Lali–, te aseguro que no es la primera vez que veo a un niño en calzoncillos.

Se sientan los dos a la mesa.

–¿Y Sebastián? –pregunta Darío.

–Lo mandé a comprar –dice Lali–. ¿Cómo estás?

–Bien –dice Darío, descolocado y nervioso.

–Medio machucado, eso sí –dice Lali.

–¿Usted dónde trabaja ahora? –Darío ha notado que Lali lleva un uniforme distinto y aprovecha el detalle para cambiar de tema.

–Qué te importa, cabro chico metiche.

Lali le habla con una agresividad fingida, con dulzura, más bien.

–Perdone –dice Darío.

–Trabajo donde mismo.

–O sea que cambiaron de uniforme.

–Sí –responde Lali–. ¿Y tú sigues hablando a puros garabatos?

–No –dice Darío–. Digo muy pocos. Solo cuando estoy muy enojado. Y a veces me enojo y no digo garabatos. Pero no me enojo casi nunca. Tengo buen carácter.

Darío habla en el tono clásico de quien alega inocencia. Lali lo mira con ternura.

–A mí me enseñaron que los niños no deben decir garabatos –dice Lali–. Pero a veces pienso que me enseñaron todo mal. O yo lo aprendí todo mal.

Aunque es una disculpa, suena como un pensamiento en voz alta. Darío siente alivio y entusiasmo.

–Es que era un juego –dice con un hilo de voz.

Se arrepiente de soltar esa frase innecesaria. Ella se muerde una uña, dos uñas.

–Yo también me como las uñas –dice Darío.

–Hace mal –dice Lali–. Hace pésimo.

Sebastián regresa con una pequeña torta de mil hojas. Se ve agitado, como si hubiera ido corriendo a la pastelería. Entre los tres ponen la mesa y parten la torta. De pronto son como una familia, piensa Darío. O él se siente como un primo lejano que llegó de improviso y sin explicaciones a tomar once. No los conozco, nunca los conocí de verdad, piensa enseguida Darío. Pero ahora voy a conocerlos, quizás.

–En esta casa somos medio pobres, pero comemos tortas de mil hojas todos los días –dice Lali.

Luego le pide a Darío que le cuente la historia.

Darío trata de contarlo todo, cuida los detalles, aunque por momentos tiene la sensación de estar inventándolos, y se enreda un poco; últimamente siempre tiene esa sensación de inventarlo todo o casi todo. Pero ahora le ha pasado algo, algo de verdad, algo serio, algo que contar.

–Te asaltaron, te cogotearon, mijito, a todos nos ha pasado –dice Lali.

–No me cogotearon.

–Te robaron la mochila, la chaqueta, los zapatos –dice

Sebastián, que había estado silencioso–, eso se llama cogotear. ¡Te cogotearon!

–Aprovecharon de llevarse todo. Pero no eran cogoteros. Querían pegarme, nada más.

–Querían robarte, por eso te pegaron –dice Sebastián.

–¿Y eran patos malos? –pregunta Lali.

–No –responde Darío–. Eran niños normales, como nosotros.

–Pero ustedes no harían algo así —dice Lali.

–No –dice Darío.

–No –dice Sebastián.

–O sea que ustedes son los buenos.

–Sí –dice Darío, dubitativo.

Puede que Sebastián y su madre tengan razón y simplemente esos niños hayan querido cogotearlo. Darío piensa que en adelante va a contar esa historia como un asalto, porque un asalto es más lógico, menos humillante. Van en el segundo pedazo de torta. Sebastián se levanta y regresa con el minicomponente y vuelve a poner el casete de The Cure. Lali tararea la primera canción, Darío piensa que tal vez el casete es de ella, que a ella le gusta The Cure. O a los dos, a ella y a Sebastián. Le gusta imaginar algo así: madre e hijo escuchando y disfrutando la misma música. También piensa que Sebastián habla poco y ya no dice las cosas geniales que decía antes. Ha cambiado. Pero quizás no ha cambiado. Aún no puedo saberlo, falta tiempo, piensa Darío. Quizás más rato, o mañana, o cualquier día del futuro, volverá a parecerse a quien era hace dos años.

–Poto –dice de repente Lali, con el entusiasmo de quien por fin consigue solucionar un enigma muy complejo.

–¿Qué? –pregunta Darío, sorprendido.

–Si el hermano chico se llama Pato, a lo mejor el hermano grande se llama Poto. ¿Y tenía olor a poto? ¿Cara de poto?

Viene una carcajada creciente, liberadora, muy larga, contagiosa.

–Yo creo que se llama Cara de Tula –dice Sebastián.

–O Tajo del Pico –dice Lali.

Darío sonríe con una alegría plena y nueva, mientras Sebastián y su madre siguen un rato largo inventándole nombres al hermano de Pato: Mermelada de Peos, Cara de Carie, Mojón de Choclo, Juanito Conchetupico, Rocky Pichula.

RASCACIELOS

No fui a Nueva York porque no quise cortarme el pelo. Y mi padre no leyó mi «Carta al padre».
–Voy a leerla cuando tenga ganas de llorar –me dijo–. Pero nunca tengo ganas de llorar.
No supe qué responder. Nunca sabía qué responder. Por eso escribía, por eso escribo. Lo que escribo son las respuestas que no se me ocurrieron a tiempo. Los bosquejos de esas respuestas, en realidad.
La primera vez que intenté esta historia, por ejemplo, te borré. Creía que era posible disimular tu ausencia, como si hubieras faltado a la función y los demás actores hubiéramos tenido que improvisar unos ajustes de último minuto.
Recién ahora entiendo que la historia empezaba contigo, porque aunque quisiera, de algún modo, evitarlo, esta es, en todos los sentidos, una historia de amor.

∞

Hacía apenas una semana todo estaba en orden –sería impropio decir que estaba todo bien, porque las cosas nunca iban verdaderamente bien, pero a veces la medianía funcionaba y hasta había días felices. Mi padre y yo, en el auto, con las ventanillas abajo, escuchando las noticias: tal vez parecíamos dos amigos, o dos hermanos, camino al trabajo, contentos de tenerse el uno al otro para aliviar el viaje hablando de cualquier cosa.

–Deberías aprender a manejar –me dijo esa mañana, en una luz roja.

Desde los catorce años que venía escuchando la misma frase, quizás desde antes, desde los doce. Ahora, a los veinte, pensaba que sí, que aprender a manejar tenía sentido, aunque solo fuera para cultivar la placentera fantasía estúpida de una fuga veloz por la carretera, después de robarles a mis padres todo, partiendo por el auto. Pero también me gustaba no saber manejar, no aprender nunca.

–Podría aprender, sí.

–¿Quieres que te enseñe? –me dijo, entusiasmado–. ¿Mañana, el domingo?

–Mañana, súper.

La oficina de mi padre quedaba en el centro, pero se desvió unas cuantas cuadras para dejarme cerca del Consulado de Estados Unidos, donde tenía una cita para pedir la visa. Me había hecho a la idea de un trámite eterno, pero al cabo de una hora estaba libre y hasta alcancé a llegar a la clase de Schuster apenas un poco atrasado, lo que de todos modos no era un problema, porque el profesor odiaba las formalidades, entrábamos o salíamos de la sala sin necesidad de pretextos, como si la clase tuviera lugar en plena calle y fuéramos nada más que los espectadores momentáneos de un predicador o de un vendedor ambulante.

Me refugié, como siempre, en la última fila, saqué mis fotocopias de César Vallejo y el gigantesco cuaderno donde anotaba alguna frase aislada, ni siquiera intentaba tomar apuntes, ni los más mateos eran capaces de registrar el a veces brillante pero siempre desconcertante soliloquio de Guillermo Schuster –lo recuerdo en plena perorata, con un Gitanes en la mano derecha y la taza de café en la izquierda, que no era una taza, en rigor, sino la tapa de su termo de café. Cada sorbo marcaba el *crescendo* del profesor, cuya actuación partía con observaciones generales, tan vacilantes como sensatas, y luego derivaba en una serie de locuaces digresiones que conducían a la dispersión total. Quizás por eso se rumoreaba que el termo contenía, en realidad, café con whisky o café con pisco, y hasta había quienes aseguraban que lo que Schuster bebía mientras daba clases era un exclusivo vodka polaco, que habría sido un desperdicio, claro, mezclar con café.

–¿Puede apagar el cigarro, profe, por favor? –dijo esa mañana, intempestivamente, una estudiante desconocida: tú.

Alcancé a verte, en diagonal, en la segunda fila; movías la pierna izquierda con impaciencia.

–¿Por qué? –preguntó Schuster con genuino desconcierto, como si acabara de escuchar un disparate.

–Estoy embarazada –respondiste.

Se ha vuelto difícil explicar no solamente que entonces estuviera permitido fumar en el interior de las salas de clases, sino que fuera considerado un hecho completamente normal, casi razonable. A veces, en medio del invierno, con los ventanales cerrados, había cinco o más cigarros encendidos simultáneamente, y si esto fuera una película parecería una exageración, un recurso barato, una parodia.

Pensé que Schuster reaccionaría con desgano infinito y recurriría, como siempre, al sarcasmo, pero te dedicó una sonrisa curiosa de dos o tres segundos antes de apagar el cigarro en el suelo. El ayudante, que presenciaba la clase con actitud de fan, y que solía sincronizar sus cigarros con los de Schuster, como si pertenecieran al mismo selecto equipo de fumadores, también tuvo que apagar el suyo. Y yo tuve que aguantarme las ganas que tenía de prender uno.

Al terminar la clase, Schuster y su ayudante salieron rápido hacia el estacionamiento y yo caminé con ellos para hablarles del viaje.

–No hay problema con la asistencia, relájate. –Schuster se acarició la cara como acomodando una frondosa barba imaginaria–. Pero no me convence esa ciudad, Nueva York. No me gusta.

–¿Por qué?

–Está sobrevalorada –dijo en su tono habitual de intelectual escéptico–. Uno de mis hijos vivió diez años allá, en Brooklyn.

–Mala ciudad, Nueva York –dijo el ayudante–. Pésima.

Uno de mis hijos, pensé, impresionado de que Schuster tuviera más de un hijo. Podía perfectamente imaginarlo como el padre de alguien, casi todos los adultos que conocía tenían al menos un hijo, pero que Schuster hubiera *generado* –lo pensé con ese verbo– dos o más de dos seres humanos se me hizo, en ese momento, extraño o tal vez alarmante.

Estaba a punto de encender mi cigarro pendiente cuando te vi venir.

–¿Tienes otro cigarro? –me preguntaste.

–¿Y tu embarazo?

–Hay embarazadas que fuman –me dijiste–. No, la verdad es que acabo de perder a mi hijo. Recién, en el baño. Fue horrible.

Sobrevino un breve silencio. Fumabas más rápido que yo.

134

–¿Y por qué le dijiste que lo apagara?

–Por puro joder, es que ese señor hablaba tanto. Nunca he estado embarazada –agregaste, como si fuera necesario aclararlo.

–¿Te gustó la clase?

–Sí. Me gustaron los poemas que analizamos. Vallejo es tremendo. Al profesor no le entendí nada, pero me gustó la clase, creo. ¿Así son todas sus clases?

–Sí. Schuster está bien loco.

Yo tenía que entrar a Metodología de la investigación literaria, pero preferí caminar contigo con rumbo incierto. Me contaste que estabas pensando en estudiar Literatura y habías ido a la clase de Schuster por curiosidad.

–Nunca quise estudiar nada –dijiste–. Y aún no sé si de verdad quiero.

Tenías, como yo, veinte años, pero sonabas más adulta o más bien sentí que eras, de algún modo, una presencia antigua, noble. Recién entonces pude mirarte bien y fui consciente de tus ojos grandes, casi desproporcionados. Me fijé en tu nariz medio aguileña, en tus manos delgadas y largas, en tus ínfimas uñas pintadas de verde. Tenías el pelo largo, pero un poco más corto que yo. A mí me llegaba hasta los hombros. Tú también me llegabas hasta los hombros, pero en ese momento pensé que eras una de esas personas que parecen altas aunque no lo sean.

Caminamos juntos hacia la Plaza Ñuñoa. Yo quería combatir el silencio, porque entonces aún no descubría que era posible, que era necesario compartirlo. Te hablé del viaje a Nueva York, y aunque quise parecer mundano y natural, seguro que soné medio creído, debería haber ensayado antes frente al espejo. Tú sí conocías Nueva York y buena parte de Europa y habías perdido la cuenta de las veces que habías estado en Buenos Aires, tu ciudad favorita. No me contaste todo eso entonces. Solo mencionaste que conocías Nueva York.

–¿Qué es lo que más te gustó de Nueva York?.

–Unas pinturas de Paul Klee. En el Metropolitan. Eso fue lo mejor. No solo me gustaron: me provocaron felicidad. Hablabas con frases cortas y pausas largas entre cada palabra. Hablabas como la protagonista de una película hermosa y lenta, mientras que yo hablaba como un actor de comedia que por primera vez consigue un rol serio e importante y quiere demostrarle al mundo su versatilidad, pero su empeño es triste, porque se le nota el esfuerzo.

Entramos a la librería El Juguete Rabioso. Yo pasaba todos los días por ahí, solía quedarme un rato largo, a veces toda la tarde, conversando con alguno de los dueños, sobre todo cuando estaba Miguel, a quien consideraba casi mi mejor amigo, aunque también me gustaba hablar con el Chino o con Denise –los tres eran ex estudiantes de la facultad, aún no cumplían treinta años pero ya habían conseguido montar esa pequeña librería que era excelente y que sin embargo, o tal vez por eso mismo, iba directo al despeñadero. No vendían libros malos, o al menos eso intentaban. Armaban la vitrina y los mesones según una idea colectiva de la literatura que los enorgullecía. Si les pedían libros de autores que ellos consideraban mediocres o comerciales –que en su opinión era exactamente lo mismo–, el Chino y Denise bajaban a la bodega a buscar ejemplares y los vendían a regañadientes. Pero Miguel no; Miguel en esos casos respondía, abriendo exageradamente sus ojos verdes, casi incapaz de controlar la satisfacción que le provocaba decirlo: «Acá no vendemos esa clase de libros».

Miramos los mesones y las estanterías de El Juguete Rabioso, y durante treinta o cuarenta minutos la vida consistió nada más que en recomendarnos mutua y enérgicamente libros y alegrarnos cuando nuestros gustos coincidían y construir la ficción tácita de que en adelante leeríamos juntos todos esos libros.

–Vivo bien cerca –me dijiste, de repente–. Me gustaría invitarte a mi casa a ver una película, pero ahora tengo que irme, tengo que pasear a mi perra.

Pagaste el libro de Olga Orozco que habías hojeado y te fuiste a pasos rápidos y por unos segundos me dejé llevar por el pensamiento fatalista de que nunca volvería a verte.

–Ella siempre viene –me dijo Miguel, luego–. Como a mediodía, incluso antes, como a las once. Hojea los libros mucho rato, a veces compra dos o tres, otras veces anota alguna frase en una libretita roja y se va sin comprar nada.

–¿Y qué compra? ¿Pura poesía?

–Poesía y ensayo. Y filosofía. Pero también novelas, a veces. ¿Te gustó? ¿Te gusta?

Me puse nervioso, sentí que la pregunta, además de directa y socarrona, entrañaba cierta crueldad.

–Es distinta.

–¿Distinta de quién?

–No sé. De todo el mundo, supongo.

Mi amigo soltó una risotada y yo me sentí delatado, revelado. Quise irme de la librería, pero Miguel, tal vez consciente de mi incomodidad, salió a buscar unos cafés a Las Lanzas. Yo adoraba esos contados minutos en que quedaba a cargo de la librería, como en teoría sucedería en el futuro, si las ventas repuntaban –ellos querían que yo trabajara allí, pero decían que era imposible, por el momento. Nos tomamos nuestros cafés, después traté de ayudar un poco a Miguel, que naufragaba ante una tabla de Microsoft Excel, y enseguida me senté en un rincón a revisar unas antologías de poesía. En ninguna había poemas de Olga Orozco.

Hacia el final de la tarde entró a la librería Álvaro Rudolphy, el actor de teleseries, que con la confianza que le daba su inmensa popularidad le dedicó a Miguel una sonrisa como televisiva, como televisada, antes de decirle:

—Oye, flaco, recomiéndame un libro.

—No puedo, no te conozco —respondió Miguel seca e inmediatamente—. ¿Cómo te voy a recomendar un libro si no te conozco?

Rudolphy salió de la librería desconcertado e incluso humillado y nosotros cerramos el local entre ataques de risa.

—Vamos a comer algo al Dante —me dijo Miguel.

—¿Cómo voy a comer contigo si no te conozco? —le respondí.

Comimos unos chacareros y tomamos unas cervezas prolongando la alegría de esa frase nueva, que servía para todo, que lo solucionaba todo. Cómo voy a compartir unas papas fritas contigo si no te conozco. Cómo te voy a pasar la mostaza si no te conozco. Cómo voy a pagar la cuenta si no te conozco. No nos caía mal Rudolphy, para nada, hasta nos parecía un buen actor, pero recordar su cara desencajada funcionaba como una especie de extraño triunfo.

Miguel se fue y me quedé casi una hora en un banco de la Plaza Ñuñoa por si de pronto aparecías paseando a tu perrita. Me costó aceptar que debía volver a casa. Tomé la micro casi a medianoche, me fui dormitando a cabezazos contra la ventanilla.

∞

A la mañana siguiente desperté con el ruido infernal del exprimidor de naranjas. Era un truco recurrente, por desgracia, de mi padre, que odiaba que siguiéramos durmiendo cuando él ya había leído la sección deportiva del diario, que era la única que le interesaba. Pero tuvo la delicadeza de exprimir cuatro naranjas adicionales y dejó un vaso en mi velador, en medio de los libros amontonados.

–No puedes estar leyendo veinte o treinta libros al mismo tiempo, hijo.

Iba a responderle que de hecho sí podía estar leyendo veinte o treinta libros al mismo tiempo y que algunos de esos libros, como los de poesía, no se agotaban nunca, pero preferí fingir que seguía durmiendo.

–Tienes que cortarte el pelo –me dijo entonces–. Para ir a Nueva York. Te van a discriminar si andas con el pelo largo.

Salió de la pieza y por unos segundos albergué la esperanza de que no volviera. Me incorporé para tomarme al seco el jugo de naranja. Miré el techo, con el vaso vacío en la boca. Mi padre había regresado a mi cuarto, sentía su mirada expectante, pero no lo miré de vuelta.

–¿Te vas a cortar el pelo? ¿Sí o no?

–No.

–Si no te cortas el pelo, no vas a Nueva York.

–Entonces no voy a Nueva York. Me da lo mismo Nueva York, no pienso cortarme el pelo.

Era más o menos cierto que me daba lo mismo Nueva York. ¿Qué sabía entonces de Nueva York? ¿Lo que había aprendido viendo *Taxi Driver* o *Seinfeld*? ¿Lo que entendía de esa canción machacona de Frank Sinatra? Cualquier destino me habría parecido casi igual de alucinante, porque a punta de buses y trenes, mochila al hombro, había conseguido conocer buena parte de Chile, pero nunca me había subido a un avión.

El viaje era un regalo, completamente inesperado por lo demás, porque llevábamos unos años discutiendo por todo –nada fuera de lo común, lo nuestro era la versión clásica de los conflictos padre-hijo, y yo lo sabía, pero saberlo no me consolaba, no me conformaba, porque él siempre gritaba más fuerte y nunca me pedía perdón. Después de una pelea especialmente violenta mi padre había encontrado esa forma de disculparse: canjear a mi nombre un pasaje por kilómetros de vuelo acumulados, confiando, con razón, en el efecto sorpresa, porque él mismo había decidido la fecha y ese destino que sonaba tan abstracto y tan espectacular.

–Entonces no vas a Nueva York nomás, cagaste –remató mi padre, incrédulo–. Me vas a suplicar de rodillas. Te vas a arrepentir.

–No me voy a arrepentir.

Al poner en palabras mi flamante y soberana decisión, sentí el vértigo y el prestigio de las frases definitivas, cruciales. Y entonces decidí algo más: irme, por fin, de la casa.

–Listo, pasaje anulado –me dijo mi padre un par de horas después: acababa de llamar a la aerolínea para cancelar el viaje.

–Perfecto –dije.

–Oye, ¿a qué hora te enseño a manejar?

–A ninguna hora, nunca.

–Pero habíamos quedado en eso.

–Pero estamos enojados.

–Sabes muy bien que no tiene nada que ver una cosa con la otra.

–Sí, sí tienen que ver.

Pasé el fin de semana encerrado en mi pieza hojeando los veinte o treinta libros de mi velador. El lunes y el martes me dediqué a buscar un lugar donde vivir. Tenía unos ahorros de una ayudantía y de un trabajo en vacaciones, pero todo lo que encontraba estaba fuera de mi alcance. Me desesperé, porque mi único plan B era quedarme en casa aguantando la rabia. Al final, casi milagrosamente, encontré una pieza barata en un departamento frente al Estadio Nacional, muy cerca de la universidad.

La mudanza sería el jueves, me quedaba un día entero, un último día, que aproveché para inspeccionar cada rincón de la casa como quien acumula material para futuros recuerdos. Luego caminé por mi barrio intentando convertirme en una caricatura del arribista: trataba de mirar altivamente los pasajes en que había crecido, como inventando un desapego y un desprecio y un rencor que en realidad no sentía. Me envalentonaba imaginando eternas conversaciones interesantes con amigos nuevos –entonces aún no renegaba de la palabra *interesante*–, acodado en alguna mesa de Las Lanzas o de Los Cisnes. Y hasta los inhóspitos prados de la facultad se me hacían, de pronto, una versión aceptable de *locus amoenus*.

Hablé con mi madre y con mi hermana, les pedí que guardaran el secreto. Reaccionaron con una mezcla de temor y solidaridad que me pareció, no sé por qué, desconcertante. Me quedé solo en el comedor y encendí la tele. No era necesario que nos pusiéramos de acuerdo, estaba claro que mi padre llegaría a casa justo antes de que empezara el partido de Colo-Colo. Y así fue. Llevábamos unos días sin dirigirnos la palabra, pero vimos el partido juntos y hasta intercambiamos unas pocas frases como *debió po-*

nerle tarjeta roja o *no estaba offside*, cosas así. No recuerdo ni el resultado. Tiendo a pensar que no hubo goles o quizás los hubo y fuimos nosotros, mi padre y yo, los que empatamos. Mi padre me dijo *buenas noches* alzando las cejas. Yo no me fui a acostar. Escribí, esa noche, mi carta al padre. Por entonces no había leído la «Carta al padre» de Kafka, creo que ni siquiera sabía de su existencia. La escribí en el computador de la casa, no quería que la letra manuscrita arruinara el mensaje –elegí la tipografía Century Gothic y un tamaño de letra muy grande, tal vez 18 o 20, por si mi padre leía mi carta sin lentes de contacto. Se los quitaba solamente para dormir, pero por algún motivo lo imaginaba acercando el papel a sus ojos, por así decirlo, desnudos, verdaderos.

A la mañana siguiente, cuando ya todos se habían ido, imprimí el archivo: doce páginas. La carta no era agresiva. Era melodramática y tierna, pese a que me había propuesto evitar la ternura. Hablaba, tal vez, como si yo fuera el adulto e irme de la casa hubiera sido la única solución para no odiar a mi padre y para no odiarme a mí mismo. La metí en un sobre, borré el archivo del disco duro, y me puse a empacar mis libros en unas bolsas de basura. Me sorprendí contándolos: noventa y dos. Llegó mi amigo Leo Pinos, que se había conseguido una camioneta, aunque hubiera bastado con un auto chico para acarrear esos noventa y dos libros y un poco de ropa.

∞

–Todo lo que tengo que decir está en esa carta –le dije a mi padre, con algo parecido al orgullo literario, el viernes siguiente, cuando volvimos a vernos.

–No la leí.

–¿En serio?

–Voy a leerla cuando tenga ganas de llorar. Pero nunca tengo ganas de llorar.

Lo único que quería saber era qué había pensado o sentido al leer la carta, no se me había pasado por la cabeza que se resistiera a leerla. Estábamos en su oficina, en una minúscula sala de reuniones, como si diseñáramos el plan estratégico de alguna pequeña empresa o algo así. No estaba claro de qué teníamos que hablar. O quizás sí, pero eran demasiadas cosas. Mi padre hilvanó un discurso muy general, como tomado de algún manual sobre padres e hijos. Me concentré en la autoridad de su voz severa pero conscientemente suavizada. Me fijé, como solía pasarme, en el persistente derrame en sus ojos, sobre todo en el izquierdo: era como un río con infinitesimales afluentes que para mí cifraba, de algún modo, un sufrimiento que no sabía de dónde venía ni adónde nos conduciría. Un sufrimiento de mi padre y también mío. El sufrimiento de mirar sus ojos y saber que no lo conocía, que había vivido siempre con alguien a quien no conocía y nunca llegaría a conocer.

–¿Estamos de acuerdo? –me preguntó.

No lo había escuchado, o había escuchado solamente la presunta música de su voz.

–No estaba escuchando –dije.

–¿Qué?

–Estaba distraído.

Soltó unos puñados de palabras más, fingía muy mal un resto de paciencia. Yo me puse a gritar, no sé lo que le dije pero él me miraba fijo, impasible, como un político en medio de un debate, o tal vez como un muerto.

–No le pongamos color –me interrumpió de pronto–.

Le pones color, siempre le pones color. Te fuiste de la casa, ya está. Hay países donde los hijos se van mucho antes. En Estados Unidos ya estarías pailoncito. Y yo estoy feliz, porque tengo una pieza más, voy a poner una tele grande para instalarme ahí a ver películas hasta las cinco de la mañana.

∞

Llegué a la clase de Schuster atrasado, de nuevo. No quería ir, pero tenía la esperanza de encontrarte. No estabas. No había casi nadie, porque la clase la daba el ayudante –fue una clase diferente, repleta de ideas que me sonaron extrañas y nuevas. Leímos unos fragmentos de *La casa de cartón*, de Martín Adán, y un poema de Luis Omar Cáceres cuyos primeros versos se clavaron en mi memoria, como si los conociera desde siempre: «Ahora que el camino ha muerto, / y que nuestro automóvil reflejo lame su fantasma, / con su lengua atónita».

Tal vez caminé unas cuadras al ritmo de ese poema, rumbo a la Plaza Ñuñoa. Quería hablar con Miguel, aunque al llegar a El Juguete Rabioso comprendí que más bien quería hablar contigo. Le pregunté a Miguel si habías ido a la librería, me respondió que no.

–Vas a estar bien –me dijo luego, tras escuchar mis novedades.

Me preguntó detalles, muchos detalles. Si necesitaba algo, plata, cualquier cosa.

–Lo que necesito es trabajo –le dije.

–Pero yo no puedo darte trabajo. Si ya casi no tengo trabajo. Vamos a cerrar, es inevitable.

–¿Cuándo?

–En un par de meses, a todo reventar. Estamos tratando de aguantar un poco más, hasta Navidad, pero la cosa no da para más.

–Qué mal, qué mierda.

–Y no podemos contratarte.

–Claro, obvio.

La fantasía de trabajar en El Juguete Rabioso lo arreglaba todo por arte de magia, pero en ese momento no pensé en la inminente escasez de dinero, más bien me entristeció la visión futura de ese lugar vacío, donde de seguro pronto habría algún café o alguna estúpida peluquería. Encontré en las estanterías *Defensa del Ídolo*, el único libro que publicó Luis Omar Cáceres, y leí dos o tres veces cada poema. Cada tanto Miguel soltaba alguna frase y yo le contestaba y era como el diálogo amable y ocasional entre dos desconocidos sentados juntos, por azar, en la consulta de un médico o en un velorio. Pero cuando me iba me pasó un papel donde había anotado los teléfonos de diez personas que podían darme alguna clase de trabajo.

–Voy a dejarme el pelo largo para solidarizar contigo –me dijo al despedirnos con un abrazo.

∞

Compré unas dobladitas y cuatro láminas de queso chanco y caminé a mi nueva casa pensando con anticipada nostalgia en El Juguete Rabioso, pero también surgía en mi cabeza una versión de mí mismo que deambulaba por alguna ignota avenida neoyorquina con el pelo corto y cara de despistado o de maravillado. Me imaginaba como un árbol joven; como un árbol joven y recién podado que quisiera alargarse para alcanzar los rayos de sol y volver a crecer. Pensaba en eso cuando advertí tu presencia, caminabas casi pisándome los talones, con tu perrita.

145

–Llevamos varias cuadras siguiéndote. Persiguiéndote. No te creí, aunque luego tuve la sensación de que sí, de que hacía rato estabas cerca.

–¿Por qué?

–Quería presentarte a Flush.

Flush era una quiltra negra y pequeña, con los ojos muy húmedos, un poco asalchichada, que avanzaba pomposamente, medio ausente del mundo; me pareció que cojeaba aunque luego pensé que más bien decoraba su caminar con unos saltitos coquetos. Me hablaste de *Flush*, el libro de Virginia Woolf que explicaba el nombre de tu perrita, y me regalaste *The Subterraneans*, la novela de Jack Kerouac que entonces no conocía y que luego leí y que cada dos o tres años vuelvo a leer, ansioso de recibir, de nuevo, el cálido remezón de ese final, uno de los mejores que he leído jamás.

Llegamos a mi edificio, nos sentamos en medio de la escalera. Armé los panes con queso, la perra también comió. En apenas una semana todo había cambiado radicalmente y traté de explicártelo, aunque para eso tenía que contarte mi vida entera, que no estaba repleta de acontecimientos pero tal vez en ese momento yo pensaba que sí. Y te lo conté todo o casi todo. Hablé quizás dos horas. Ya oscurecía cuando me quedé sin palabras y esperando las tuyas, que no llegaban.

–Entremos, hace un poco de frío –fue lo único que dijiste.

La dueña del departamento estaba con unos turistas creo que canadienses que iban a arrendar las otras habitaciones; ella y su hija dormirían en el living, en sacos de dormir. Nos ofreció vino, pero preferimos ir a mi pieza. Te tendiste en el colchón con naturalidad, como si vivieras ahí, Flush se echó a tus pies y mordió su correa para que se la quitaras. Yo traté de ordenar un poco, no había tenido tiempo de conseguir una repisa para poner los libros, que todavía estaban en las bolsas de basura, igual que la ropa.

La luz de un foco lejano alcanzaba a colarse por la ventana. Te miré hablar, apenas movías los labios. Hablaste de tu madre muerta y de las películas que ella y tu padre veían y que ahora tú veías con él —«a Gabriela le encantaba esta parte», decía tu padre, de repente, con un entusiasmo que te resultaba, a la vez, emocionante y doloroso. Y luego hablaste de insomnio y de los medicamentos que tomabas para el insomnio y de una novela sobre el insomnio que querías escribir. Y de una amiga que se había ahogado hacía años, en Pelluhue. Y de cuatro o cinco personas a las que odiabas, unas compañeras de colegio, creo, y un ex novio. Recuerdo haber pensado que esas personas no merecían tu odio ni el odio de nadie, pero no te lo dije. También recuerdo haber sentido la súbita e insólita felicidad de que no me odiaras a mí. En algún momento, inesperadamente, te largaste a llorar y yo traté de consolarte.

—Es que me da rabia tu padre —dijiste.

—¿Por eso lloras, por mi padre? —te pregunté, sorprendido.

—No sé, no lloro por algo, no estoy triste —me dijiste—. Yo nunca lloro por algo. Estoy acostumbrada a llorar. Estoy a favor del llanto.

—Yo también —te dije, sonriendo.

—No sé por qué lloro. A veces pienso que estoy posando, todo el rato. No soy así.

—Me gusta cómo eres. Aunque no sepa cómo eres. Y yo también poso, todo el rato. Contigo y con todos.

—Sí.

Sobrevino un silencio largo, importante, placentero. Como un niño que memoriza la lista de la compra, repasé los detalles de nuestra conversación, no quería olvidar nada.

–¿Tú crees que tu padre va a leer la carta? –me preguntaste entonces.

Acababa de hablarte de esa carta y sin embargo sentí que esa parte de la conversación había quedado definitivamente atrás. De pronto me costaba volver a imaginar la situación; me parecía, también, que ese diálogo con mi padre había sucedido hacía mucho tiempo. Traté de contestarte con honestidad. Tendía a pensar que mi padre sí había leído la carta pero había preferido decirme que no, que no la había leído.

–Sí la leyó, estoy segura de eso –dijiste.

Flush roncaba a pata suelta, tú fuiste al baño y al volver te echaste de nuevo en el colchón, pero diez segundos después, como si hubieras recordado algo urgente, te levantaste, encendiste la luz, empezaste a sacar los libros de las bolsas uno a uno, y casi sin mirarlos los fuiste apilando a manera de torres.

–Esto es tu Nueva York –me dijiste–. Mira, estos son los edificios de Manhattan, los rascacielos.

Armamos con los libros unas tambaleantes réplicas del Empire State, del Edificio Chrysler, de las Torres Gemelas, que entonces seguían en pie. Aún no nos besábamos, aún no nos acostábamos, no sabíamos, con precisión, nada acerca del futuro. Tal vez yo intuía o fantaseaba que pasaríamos un tiempo largo juntos, varios años, toda la vida. Pero no sospechaba que esos años serían divertidos, intensos y amargos y que luego vendría un tiempo muchísimo más largo, quizás indefinidamente largo, sin saber nada el uno del otro, hasta llegar al momento en que parecería posible, concebible, por ejemplo, contar una historia, cualquier historia, esta historia, borrándote. Por lo pronto eras imborrable, de una vez y para siempre. Y ningún pensamiento sobre el futuro importaba demasiado esa noche que pasamos imitando, con los libros como ladrillos, esos edificios imponentes, lejanos, distantes, fríos, absurdos, hermosos.

INTRODUCCIÓN A LA TRISTEZA FUTBOLÍSTICA

I

Era, para nosotros, la única forma de tristeza masculina perceptible. Vivíamos en un mundo de mierda, pero lo único que parecía afectar a los hombres era un resultado adverso en el partido del domingo. Del mismo modo que las dos o tres horas posteriores a un triunfo eran propicias para pedirles permiso o dinero, cuando nuestros padres sucumbían a la tristeza futbolística todos sabíamos que era mejor dejarlos lidiar a solas con la derrota. Amurrados y convalecientes, esas noches los hombres se volvían aún más lejanos, porque hacían cosas inusuales, como mirar por la ventana con severa impotencia hacia la calle vacía o tararear «Me olvidé de vivir» mientras lustraban sus zapatos frenética, interminablemente. Pero no tiene gracia juzgarlos ahora. Es demasiado fácil. Por lo demás, ese romanticismo ha pervivido en nosotros. Es un hecho que seguimos experimentando la tristeza futbolística; ha cambiado de forma, pero sigue viva, tal vez más viva que nunca.

II

Hubo un tiempo ya remoto en que no me interesaba tanto el fútbol, aunque igual me gustaba ir al estadio. Lucía con orgullo mi banderita y mi jockey de Colo-Colo, y lo pasaba bien mirando el enérgico precalentamiento de los suplentes, o los tímidos pasitos de baile de los árbitros, o la gallarda cabellera al viento de Severino Vasconcelos. O las maromas heroicas de los vendedores de café, que circulaban con destreza entre la muchedumbre con sus enormes termos colgados del cuello. Lo que sucediera con la pelota, sin embargo, me daba más o menos lo mismo. Se me hacía difícil comprender la semejanza entre las intensas y desordenadas pichangas que jugábamos en el pasaje y el monótono deporte que presenciábamos en el estadio, sobre todo por la ausencia casi absoluta de goles. Tengo la impresión de haber asistido, por entonces, a muchísimos empates a cero.

Para ver los partidos en relativa paz, nuestros padres no tenían más remedio que empalagarnos con helados, cocacolas y maní confitado. Llevarnos al estadio era un error, una pésima idea, pero también una apuesta, una inversión a corto o a mediano plazo, porque nuestros padres sabían que en algún momento nos distraeríamos de nuestras distracciones, finalmente abducidos por la entrañable lentitud futbolística.

En mi caso esto sucedió pronto: a los siete años ya era yo, en plenitud, un fanático empedernido. Un fanático de Colo-Colo, como mi padre. Hubiera sido genial que me gustara el equipo enemigo u otro equipo cualquiera. No se me ocurre ahora una forma más económica de matar al padre, mucho más efectiva que la manoseada rebeldía grunge o el lacerante gritoneo político que vinieron después.

Conocía algunas historias de niños disidentes: de forma misteriosa, aduciendo motivos poco serios, banales, como lo bonita que era la camiseta de Universidad Católica, conseguían torcer la trama, y a esos padres estafados y perplejos no les quedaba más remedio que convivir a diario con el enemigo. No está claro que hayamos, en propiedad, *elegido* un equipo de fútbol. Para muchos de nosotros ese aspecto de la herencia paterna fue el único que nunca cuestionamos. Y aunque estuviéramos peleados a muerte con nuestros padres, la posibilidad de sublimar los problemas y ver un partido juntos nos proporcionaba cierta dosis razonable de esperanza familiar, una tregua momentánea que al menos nos permitía sostener la ilusión de pertenencia.

III

Mi relación con el fútbol no es literaria, pero mi vínculo con la literatura sí tiene, en cierto modo, un origen futbolístico. Mis mayores influencias como escritor no fueron la gigantesca novela de Marcel Proust ni los imperecederos poemas de César Vallejo o de Emily Dickinson o de Enrique Lihn, sino las transmisiones radiales de Vladimiro Mimica, el locutor de Radio Minería. Ninguna lectura fue para mí tan decisiva como la elegante prosa hablada del famoso cantagoles. Incluso grababa los partidos y me echaba en la cama a escucharlos para disfrutarlos en un sentido meramente musical. Gracias a su amable mediación, hasta los partidos más tediosos o anodinos parecían memorables batallas épicas.

La voz de Vladimiro era sinónimo de alegría futbolística, pero también, más de una vez, volví a escuchar sus relatos de dolorosas derrotas inmerso en el pensamiento mágico de que la grabación no repetiría la realidad sino que crearía una nueva, no demasiado distinta ni esplendorosa, un mundo quizás igual de atroz pero en el que al menos mi equipo ahora sí ganaría. Se ve que ya padecía entonces de tristeza futbolística crónica.

Mientras que en casa y desde luego en el colegio estaban prohibidos los garabatos, en el estadio gozaba de licencia para expresarme a chuchada limpia. Hubo un tiempo en que pasaba todo el partido insultando a los oponentes y a la terna arbitral. Pero los garabatos pierden gracia cuando están oficialmente permitidos. Como solíamos ir a programas dobles del Estadio Santa Laura, prefería dedicarme a relatar a voz en cuello el partido preliminar –durante la semana, sentado en el último banco, estudiaba el álbum de figuritas del fútbol chileno procurando memorizar las alineaciones de todos los equipos y por lo general no cometía errores, de manera que, salvo algún reclamo aislado, a nadie parecía molestarle mi performance. Mi trabajo en esa emisora inexistente terminaba, sin embargo, cuando Colo-Colo salía a la cancha para jugar el partido de fondo. Entonces me transformaba en un hincha más, preocupado e irascible, que veía el partido con los dientes apretados, en estado de tensión absoluta.

IV

Los especialistas coinciden en que el grado de tristeza futbolística es inversamente proporcional a las expectativas. Tal vez esto suena obvio. Bueno, es obvio, además que no parece un postulado privativo del fútbol, pero igual está bueno ponerle color.

En el caso de quienes somos hinchas de los llamados equipos grandes, las expectativas son siempre demasiado altas: exigimos que nuestro equipo gane, guste y golee todas las semanas, de manera que incluso una victoria estrecha tras un mal partido puede provocarnos alguna dosis de tristeza futbolística. Ese triunfalismo es desagradable: somos como esos padres que en vez de felicitar y mimar a sus hijos por haber obtenido una buena nota les dicen que únicamente han cumplido con su deber. La situación de hincha, de fanático, se vuelve asfixiante, y por eso disfrutamos tanto los partidos en que ni siquiera llegamos a identificarnos ligeramente con alguno de los dos equipos en disputa. Nos sentimos casi budistas frente a la tele, por fin capaces de descansar de nosotros mismos y apreciar realmente el juego.

Sospecho que todos los hinchas de equipos grandes en algún momento de la vida fantaseamos con la posibilidad de cambiarnos de equipo. Era una tentación razonable, redentora, ahorrarnos esa pesada obligación de ganarlo todo, para saborear, en cambio, los triunfos parciales, discutibles, de un equipo chico: mantenernos en primera división, robarles unos puntitos a los grandes, perder con dignidad después de dejarlo todo en la cancha, o perder inapelable y humillantemente pero tras propinarle una ensalada de sanguinarias chuletas a las mucho mejor pagadas estrellas del equipo contrincante. Hay quienes dieron ese paso voluntarioso, que para la amplia mayoría de nosotros, sin embargo, quedó nada más que como un disparate vergonzante, casi siempre inconfesable. A partir, sobre todo, de cierta edad, en mi caso muy temprana, cambiarse de equipo es simplemente imposible.

V

No era necesario cambiarse a un equipo chico, en realidad: la Selección chilena era nuestro equipo chico. Antes de que Marcelo Bielsa y la «generación dorada» nos malacostumbraran a soñar con un futuro esplendoroso de campeones mundiales, la Selección había sido casi siempre ese equipo destinado al fracaso que de vez en cuando, sin embargo, nos permitía coquetear, desde una distancia decorosa, con la gloria. «El equipo chileno juega bien / Pero la mala suerte lo persigue», escribió por ahí Nicanor Parra, y esa era casi siempre nuestra sensación. De cualquier manera, cuando jugaba Chile, nuestro país quebrado y dividido parecía momentáneamente reconciliado. Suspendíamos, de hecho, nuestras diferencias; disfrutábamos del fútbol de forma colectiva, aunque más que disfrutar la cosa consistía en aquilatar un sufrimiento común que para mi generación incluyó el trauma del Cóndor Rojas y su lamentable montaje en la cancha del Maracaná, rápidamente descubierto y sancionado por la FIFA con un castigo de por vida a Roberto Rojas y la marginación de Chile de las clasificatorias al Mundial siguiente. El concepto de tristeza futbolística queda corto para resumir lo que sentimos esos años.

Las penurias del equipo chico nacional fueron compensadas por el triunfo de Colo-Colo en la Copa Libertadores de 1991. Pero cuando pensábamos en el equipo chico volvía la depresión. A mediados de los noventa, matizamos el ostracismo gracias a los triunfos de Iván Zamorano en España. Había ahí una perversión, de pronto el fútbol dejaba de ser, para nosotros, un deporte colectivo: Chile entero se paralizaba para ver los partidos del Real Madrid y si Zamorano metía algún gol echábamos la casa por la ventana. Y cuando era sustituido –para nosotros siempre injustamente–, la suerte del Real Madrid nos importaba una soberana raja, aunque seguíamos pegados a la tele para desearles mala suerte a los delanteros que intentaban aserrucharle el piso.

VI

Interrumpo este ensayo para transparentar un episodio vergonzoso, que me invalida como hincha y acaso como persona: durante casi dos años fingí que no me gustaba el fútbol.

Mi única excusa, legítima pero pobre, es la juventud. Tampoco el amor funciona como atenuante –todo empezó en pleno cortejo, la cosa iba bien, Anastasia y yo llevábamos horas en un paseo sin rumbo, que en realidad era un mero rodeo dilatorio, ambos sabíamos que la jornada terminaría en los ansiados primeros besos y manoseos, en la semioscuridad de alguna plaza tranquila, ya sin niños metiches ni esos jubilados que recurrían al truco barato de alimentar a las palomas para dar rienda suelta a su desvergonzado voyerismo.

–A ti no te gusta el fútbol, ¿cierto?

Eso me preguntó Anastasia. Había una especie de ruego implícito en su voz, o eso creí advertir.

–Por supuesto que no.

Mentí por instinto, pero también por costumbre. Anastasia, en cambio, no mentía nunca. Era demasiado, tal vez innecesariamente honesta, eso lo supe con certeza después, pero empecé a saberlo esa misma noche, cuando me habló de su novio anterior, un tipo sensacional, eran almas gemelas, los dos conocían de memoria todas las canciones de The Cure, incluso las que no les gustaban, porque en realidad todas les gustaban. Y se sabían también de memoria extensos pasajes de *Sobre héroes y tumbas*, la novela de Ernesto Sábato, hasta habían ido juntos a Buenos Aires a experimentar, a recrear, a recuperar, a *vivir* esa novela. Pero Anastasia nunca había podido acostumbrarse al interés, en su opinión desmedido, de ese novio suyo por el fútbol. Al principio esta pasión exagerada le había parecido un defecto menor, reversible, pero a poco andar había quedado claro que su novio era un caso perdido: semana por medio la dejaba plantada para ir al estadio, y a diario insistía en usar esas metáforas futbolísticas que a ella le resultaban tan irritantes («ahora la pelota está en tu lado de la cancha», decía, por ejemplo, cada vez que había que tomar las decisiones más triviales). La pasión futbolística de su novio no fue el motivo oficial ni principal para terminar esa relación, pero sí había influido.

–Uf, a mí, personalmente, el fútbol siempre me ha parecido algo muy estúpido –le dije, con persuasivo cinismo–. ¡Si son nueve imbéciles corriendo detrás de una pelota!

–¿No eran once? ¿Once por lado, o sea, veintidós?

–La verdad, no tengo idea –seguí, inspirado–, soy muy inculto en fútbol, nunca he visto una función de fútbol.

–Un partido.

–Eso, un partido.

Me miró como si yo acabara de decir una cosa genial. Y enseguida lanzó una larga y extraordinaria perorata en contra del fútbol. Sus palabras me dolían, en parte porque, empantanado en el personaje que acababa yo de crear, no podía contradecirla. Me llegaba a doler el cuello de tanto asentir. Traté de abstraerme mirando su pelo recién teñido de un color intermedio entre el rojo y el naranja, o sus dientes casi irrealmente blancos y pequeños, por lo demás muy curiosos, porque estaban como distribuidos en grupos de a dos, con hendiduras bien visibles entre grupo y grupo, como si se los hubiera quitado y vuelto a poner de puro aburrida.

Anastasia hablaba de machismo, de nacionalismo, de barbarie, y sus argumentos me parecían asertivos (en ese tiempo yo pensaba, como tantos PhD y senadores de la república siguen creyendo, que la palabra *asertivo* significaba lo mismo que *acertado* o *certero*). Su posición resumía lo que casi todos mis profesores y compañeros de la facultad pensaban acerca del fútbol, en especial desde que la violencia en los estadios se había convertido en materia de debate nacional. Yo mismo, después de haber sido escupido por un barrista del equipo rival y cogoteado por otro del equipo propio, había dejado de ir al estadio.

Tal vez por entonces también latía en mí un impulso antifutbolístico ligado a mi arribismo y al deseo de pertenecer a esa comunidad de intelectuales escépticos, críticos y chamullentos que despreciaban el fútbol. Me pasaba un poco lo que me había pasado con la música durante toda la adolescencia: como no eran tiempos propicios para el ahora tan valorado eclecticismo, había sido hippie y luego trasher, new wave, punk y luego de nuevo hippie, con los correspondientes cambios de atuendos, amigos y hasta de costumbres.

VII

Pronto conseguimos, con Anastasia, perdernos en el bosque comentando *La doble vida de Verónica* y la trilogía de los tres colores de Krzysztof Kieslowski, y construimos, con la velocidad urgente del amor intenso, una banda sonora que también consideraba algunas –no todas– canciones de The Cure y un horizonte abundante de coincidencias literarias que solamente excluía, por razones obvias, *Sobre héroes y tumbas* (creo que llegué a convencerla de que *Abaddón el exterminador* era mejor que *Sobre héroes y tumbas*, aunque nunca estuve seguro de que lo fuera, en realidad hasta el día de hoy no sabría decir si me gusta algún libro de Ernesto Sábato, salvo *El túnel*, que es el menos bueno pero que a la altura de los doce años a todos nos volvió locos y posee, por lo tanto, el estatuto incuestionable de clásico privado).

No quiero caricaturizar mi relación con Anastasia. Bueno, no tanto, porque a veces caricaturizar es inevitable y hasta aconsejable, pues nos permite perdonar a esas otras personas que fuimos. Aunque a decir verdad quienes deberíamos ser perdonados somos los grandotes insensibles de ahora, capaces de minimizar lo que –esto lo sabemos, pero fingimos ignorarlo– fue enorme y serio y genial. Hablamos del pasado y nos reímos de nosotros mismos como si nunca en el futuro fuéramos a reírnos de quienes somos ahora. Perdón, tampoco quiero latear: iba a decir que con Anastasia muy rápidamente construimos una relación de compañerismo absoluto y de vertiginosa confianza, que sin embargo nunca me llevó a sincerar mi romance paralelo con el fútbol.

VIII

Cuando por fin la Selección chilena volvió al concierto internacional para disputar las clasificatorias al Mundial de Francia de 1998 (que en ese tiempo, tal vez

160

para inducir en nosotros un razonable pesimismo, llamábamos *eliminatorias*), Anastasia y yo prácticamente vivíamos juntos, así que tuve que inventar una excusa tras otra para ver los partidos fondeado en algún bar o hundido en el sillón helado de la casa de mis padres. Pero a veces simplemente no conseguía escaparme y me costaba batallar contra la amargura de pasear por el Parque Intercomunal semivacío o de ver alguna inagotable película de Fellini a la hora exacta en que todo Chile apoyaba a la Roja.

Mi peor recuerdo, en este sentido, puedo situarlo, con precisión, la tarde del 16 de noviembre de 1997: setenta mil fervorosas almas repletaban el Estadio Nacional ilusionadas con la probable clasificación de Chile al Mundial de Francia mientras Anastasia y yo, a unas pocas cuadras, protegidos por la semioscuridad de las persianas cerradas, tratábamos de coger.

−¿Qué pasará allá afuera? −pregunté, in media res, mientras el país entero estallaba de alegría celebrando el uno a cero.

−Parece que hay un partido −me dijo Anastasia−. De Chile, de la Selección, de la Roja.

−Debe haber sido un gol de Julián Zamorano −dije yo.

−*Iván* Zamorano −me corrigió Anastasia.

−Ese, sí, Iván Zamorano.

Mi ardid era doble, pues yo sabía perfectamente que Zamorano estaba lesionado. Mientras los jugadores chilenos se jugaban la vida en la cancha, nosotros escuchábamos *Ok Computer* en mi equipito *auto reverse*. A veces, cuando vuelvo a escuchar ese disco, me sorprendo intentando inútilmente recordar o más bien adivinar qué canción de Radiohead sonaba en mi pieza cuando el Chamuca Barrera se lanzó en ese carrerón milagroso que culminó con una definición exquisita, o cuando, unos pocos minutos más tarde, el Matador Salas, con su habitual efectividad, comenzó a pavimentar el camino a la victoria, o cuando, hacia el final del partido, el cabezazo ganador del Candonga Carreño terminó de asegurar nuestra presencia en un Mundial después de dieciséis años.

IX

Un novedoso concepto futbolístico recientemente introducido por mi hijo es el de *autofoul*, que acuñó espontáneamente una tarde en que, al tratar de pegarle a la pelota, se cayó solo. Justo eso fue mi relación entera con Anastasia: el lamentable y prolongado resultado de un absurdo autofoul.

Termino de contar esa historia rapidito. Una mañana, mientras estaba en la ducha, Anastasia revisó mi ropa y encontró mi camiseta de Colo-Colo. Debí más bien enojarme y preguntarle por qué trajinaba mis cosas, pero me sentí delatado. Le expliqué que mi padre me la había regalado para un cumpleaños y que, a pesar de mi difícil relación con él, esa camiseta tenía un valor sentimental. Ella recordó una camiseta de la Católica que le había regalado su ex novio y lo echamos a la broma. Debí entender ese incidente como una advertencia o como un presagio de lo que vendría.

–Tú sabes bien por qué –me dijo Anastasia, unas pocas semanas después, cuando terminó conmigo.

He notado que actualmente en lugar de decir *terminó conmigo* los jóvenes dicen *me terminó*, y me encanta esta nueva fórmula, porque eso sentí entonces: que ella me terminaba, me liquidaba, me aniquilaba. Que me sacaba las pilas, que me desenchufaba y me cortaba el cable y me guardaba en una caja en el entretecho para siempre. Luego supe, gracias a la indiscreción de unos amigos en común, que mis continuas ausencias y excusas la habían hecho concluir que yo tenía una amante o varias amantes. Yo nunca le había sido infiel, pero me costaba argumentar, porque de hecho llevaba una doble vida. Lo pasé muy mal, sobre todo cuando me enteré, de nuevo gracias a esos amigos copuchentos, que apenas dos semanas después tenía un nuevo novio. Insistí durante meses para que nos juntáramos, quería al menos aclarar las cosas. Me costó conseguir que aceptara verme.

—Mi novio está arriba, en mi pieza —me dijo la mañana en que volvimos a vernos, supongo que para humillarme.

—Yo solamente quiero que sepas la verdad —le dije, y quizás alcancé a imaginar un redoble de tambores antes de soltar las frases siguientes, que deben haber sonado perfectamente idiotas—. Lo que pasa es que me gusta el fútbol. Me gusta mucho el fútbol. Siempre me ha gustado. A veces incluso sueño que meto goles en estadios repletos de gente. Goles extraordinarios. Acrobáticos. Memorables. Esa es toda la verdad.

Ella me miró estupefacta, con el desprecio congelado en la cara. Yo seguí hablando de cuánto me gustaba el fútbol y le aseguré que todas esas veces en que ella había creído que la engañaba estaba yo viendo algún partido, con mis amigos o con mi padre.

—¿Con tu padre? ¿No era que no hablabas con él hace años?

—Eso te dije, para distraerte. Es cierto que no hablamos mucho. Vemos los partidos, los comentamos y ya.

—Es la excusa más inconsistente que podrías haber inventado. ¿No se supone que quieres ser escritor?

—Es que...

En ese momento, el novio apareció en el living para marcar el final de la visita. Volví a verlo muchas veces, casi todas las semanas me lo encontraba en el puestito de tomates podridos y lechugas rancias donde ambos comprábamos marihuana. Lo saludaba, claro, yo siempre saludo, y él también a mí, alzaba las cejas con alegre desgano. Después supe que era hincha de la U, pero cada día se vestía con la camiseta de un equipo de fútbol diferente: Real Madrid, AC Milan, Manchester United, Inter de Porto Alegre, San Lorenzo de Almagro. Era uno de esos hinchas globales que emergieron por entonces y que hoy es habitual encontrarse en vinotecas, cicletadas, festivales de música y tiendas de vinilos. Tengo que reconocer que con todas las camisetas se veía bien.

Aprendí la lección, o quizás mi estupidez fue cambiando de forma con los años. Luego tuve la suerte de que el fútbol dejara de ser, para mí, una instancia exclusivamente asociada a lo masculino. No lo merecía, pero el destino me premió con dos amigas futboleras y alboadictas, gracias a las cuales comprendí que la pasión futbolística no era, en lo absoluto, privativa de los hombres. Con ellas volví a ir al estadio, primero en los extraordinarios años del Colo-Colo tetracampeón de Claudio Borghi y luego en la gloriosa temporada del Chile agrandado de Bielsa y sus muchachos.

Después empecé a irme de Chile, y aunque el fútbol nunca pasó a segundo plano se convirtió en una experiencia casi puramente televisiva y solitaria. Adopté, incluso, la costumbre de ver los partidos haciendo bicicleta estática, como jugando una especie de Wii análogo. A veces todavía lo hago: si el Pibe Solari tiene que acelerar hasta ganar la línea de fondo, yo pedaleo más rápido, y si es el momento de que el Colo Gil o Vicente Pizarro administren tranquilamente el juego, desacelero.

X

De todos los programas televisivos disponibles, el único que no se rige por los imperativos de información ni de entretenimiento es el fútbol. Los relatores y comentaristas pueden pasarse los noventa minutos hablando de lo malo que está el partido y ni se les pasa por la mente la posibilidad de perder audiencia, porque de hecho esa posibilidad no existe. Los televidentes del fútbol somos público fiel, cautivo, y seguiremos ahí, hipnotizados, o en el peor de los casos arrullados por la ausencia de acción. Y ni siquiera los ronquidos propios ni la sospecha de que durante los minutos que hemos dormitado el partido ha seguido igual de fome nos llevan a cambiar de canal o a apagar la tele. Hay cierta belleza en estas escenas de aburrimiento honesto, sobrio. Pero las transmisiones televisivas son siempre un poco redundantes. Mientras los locutores radiales son poetas que avanzan con admirable velocidad de metáfora en metáfora, o diestros narradores clásicos, con estilos reconocibles y hasta estudiables, capaces de *hacer conocido lo desconocido* mediante apenas un par de pinceladas, los relatores televisivos de fútbol están condenados a repetir lo que estamos viendo, lo que ya sabemos. Es un oficio difícil, aunque quizás es aún más difícil el oficio de los comentaristas, con quienes rara vez estamos de acuerdo. Salvo cuando se trata de futbolistas retirados que en el pasado quisimos o respetamos, los comentaristas reciben siempre nuestro invariable y tal vez desmedido e injusto desprecio.

165

Eso me pasaba, en especial, con el periodista deportivo Felipe Bianchi: estaba siempre en desacuerdo con sus comentarios, incluso cuando estaba de acuerdo inventaba yo algún matiz para disentir. Luego, por una serie de azares, tuve el placer de conocerlo, y mucho: me pareció un tipo agradable, cálido, compasivo, generoso, a veces inesperadamente tímido. Más temprano que tarde nos hicimos amigos, de manera que cuando me lo encontraba en la tele comentando un partido o instalando debates en el noticiero, intentaba recitarme a mí mismo esa retahíla de virtudes, pero no había caso: volvía a caerme como patada en la guata. Y eso que eran los años de Bielsa y de Sampaoli, cuando la Selección casi siempre ganaba.

Cuento todo esto para llegar al momento en que, por una nueva suma de azares, vivíamos los dos lejos de Chile y nos juntábamos a ver los partidos de la Selección en la Copa América Centenario. Qué mejor que ver el fútbol con un amigo querido, los dos muy nerviosos. Tomábamos algo, picábamos unos quesos, poníamos la tele, todo bien, pero de vez en cuando Felipe soltaba algún comentario por supuesto pertinente e inteligente y yo no podía evitar contradecirlo y a veces simplemente lo hacía callar. A riesgo de ser descortés, me costaba muchísimo desaprovechar la oportunidad de hacer callar al comentarista de la tele, aunque ya no fuera el comentarista de la tele sino un amigo piadoso que llegaba con cervezas belgas y formidables cigarros raros. A pesar de su fama de fiero y su bien ganada reputación de polemista, Felipe, curiosamente, aceptaba mi displicencia o mi mala educación, tal vez porque reconocía en mí el mismo propósito que lo había llevado a él a convertirse en comentarista deportivo: callar al comentarista deportivo.

166

XI

Mi llegada a México coincidió más o menos con la del Mati Fernández al Necaxa, lo que tomé como una elocuente señal amistosa de Nuestro Señor Jesucristo. Durante el año y medio que el Mati jugó ahí seguí su digna campaña con la fidelidad de siempre, y cuando se fue intenté de verdad que me siguiera gustando el Necaxa, pero pronto tuve que aceptar que veía los partidos sin tanto interés o con el interés promedio con que veo cualquier partido de cualquier liga de cualquier país del mundo.

La liga mexicana es superior a la chilena en casi todos los aspectos, pero a partir de cierta edad –en mi caso los cuarenta y dos años exactos– es imposible apasionarse por un fútbol distinto del propio. El fútbol es más idiosincrático de lo que creemos. Si pasan un partido de los Pumas con las Chivas de Guadalajara, yo lo veo y lo disfruto en apacible clave zen, pero si a la misma hora juegan, por ejemplo, Ñublense con Antofagasta, no dudo en sintonizar la liga chilena. Quizás la mera certeza de que lo que veo en la pantalla del computador está sucediendo en Chile me reconforta. O en el fondo sigo queriendo aprenderme de memoria las alineaciones de todos los equipos del fútbol chileno. Tal vez más adelante, ante el eventual interés en el fútbol de mi hijo, consiga vibrar con el fútbol mexicano. Pero no sé si quiero que a él le guste el fútbol.

XII

Durante los primeros dos años de vida de mi hijo me perdí muchísimos partidos de mi equipo, casi todos. La parte de mí que quería prender la tele y echarse en la me-

167

cedora a ver el fútbol con mi guagua perdía siempre por goleada ante la parte de mí que le cambiaba los pañales o le cantaba canciones de cuna o lo paseaba en carriola por el Parque España. Hace poco más de un año, sin embargo, la pésima campaña que tuvo a Colo-Colo contra las cuerdas me llevó a negociar con holgada anticipación los turnos parentales con tal de poder presenciar en tiempo real cómo mi equipo conservaba la dignidad o se iba a la mierda. Colo-Colo podía dejar de ser un equipo grande y sus hinchas sufríamos como nunca antes en la gloriosa historia de la institución.

Después de uno de esos partidos horribles, mi hijo me miró como se mira a alguien que se ve distraído o ausente.

–Estoy triste porque el Colo perdió y capaz que se vaya a segunda –le expliqué.

La frase, para él más o menos incomprensible, se le quedó grabada y agarró la costumbre de decirme a cada rato, en el mismo tono exageradamente dulce en que yo lo consuelo a él, que no me preocupe, que todo saldrá bien, que muy pronto Colo-Colo volverá a ganar, con goles de John Lennon y de Frida Kahlo y de Batman y de Robin Hood. (No he querido aclararle esta confusión; tal vez el mundo sería menos injusto si en lugar del inútil de Robin el compañero de Batman fuera Robin Hood).

Así como mi vocación literaria se relaciona con el fútbol, la vacilante educación futbolística de mi hijo tuvo, en cierto modo, un origen literario. Una mañana se me ocurrió hacerle escuchar «Poetas Vivos versus Poetas Muertos», el genial partido inventado por el poeta Mauricio Redolés en su disco *Bailables de Cueto Road*, que termina con una goleada de Poetas Muertos por ocho a dos, con una memorable actuación del debutante Jorge Teillier. Gracias a Redolés pude recuperar mi afición locutora narrándole a mi hijo partidos igual de irreales: Animales del Mar versus Animales Terrestres, Dinosaurios versus No Dinosaurios, Los Beatles versus Los Bunkers, Dedos de las Manos versus Árboles & Flores, Humitas versus Tamales, Meses del Año versus Volcanes de Chile, etcétera.

Hasta entonces mi hijo consideraba la pelota como un juguete más, de curiosa forma esférica pero juguete al fin y al cabo, de hecho insistía en guardarla en el canasto de los peluches, pero esos relatos allanaron el camino. Comenzaron así en el patio unas pichangas rarísimas, pues para mi hijo el verdadero juego consistía en decir y hacerme decir palabras como *travesaño*, *amague*, *gambeta* o *rabona*, y conjugar verbos nuevos como *burlar*, *birlar* o *eludir*, y recurrir a fórmulas como *tuya mía para ti para mí* (una de las muletillas clásicas de mi querido Vladimiro Mimica) o *pelota en la red pelota en la red mató mató mató* (gentileza de la infatigable garganta de Ernesto Díaz Correa) o *no diga gol, diga golazo* (un remate panhispánico que en nuestra versión se vuelve eterno porque de *golazo* derivamos a *golazazo* y *golazazazo* y así).

La única vez que vimos un partido –uno especialmente malo, la final de la Eurocopa entre Italia e Inglaterra– mi hijo partió muy entusiasmado, saltaba en la cama y celebraba con ráfagas de su recién adquirida exuberancia verbal todos los movimientos de los jugadores, pero a los pocos minutos se quedó quieto y me dijo al oído, en el tono hermoso de un secreto, como hace cuando quiere enfatizar que habla en serio:

–Papá, la verdad es que no entiendo mucho de fútbol. ¿Qué está pasando?

Era un partido aburrido, nada más, le expliqué. Pero no quise decirle que la amplia mayoría de los partidos son así de aburridos.

XIII

–¿Por qué le pusiste Anastasia? –me pregunta mi esposa.

Tardo un par de segundos en entender que cree que Anastasia no existió, que la estoy inventando.

–Porque así se llamaba.

–¿En serio? ¿Como la princesa rusa?

–Sí –le digo.

–Yo pensé que era una metáfora.

–De qué.

–De mí.

Dice que le gusta mi cuento. Le digo que es un ensayo. Dice que le gusta mi ensayo en un tono que evidencia que cree que es un cuento y que no le gusta tanto. Le pregunto qué es lo que no le gusta. Me dice que le gusta todo, salvo lo del fútbol. Me dice que le gustan mucho algunos chistes y que otros no los entiende, pero entiende que son chistes. Me recomienda que invente que me he vuelto un fanático del fútbol femenino. Le digo que no tendría que inventarlo porque de hecho seguí la campaña entera de la Selección chilena femenina en el Mundial de Francia 2019.

–Nómbrame cinco jugadoras.

–Christiane Endler, Carla Guerrero, Javiera Toro, Francisca Lara, María José Rojas. Ahí tienes cinco. Y seis, Yessenia López. Y siete, Rosario Balmaceda...

Cree que invento esos nombres. Le hablo de la angustiosa eliminación, del penal en el travesaño de Francisca Lara que pudo ser el tres a cero que hubiera significado el paso a octavos de final.

Nos subimos al auto. Mi esposa conduce, pensativa; yo voy atrás, con el niño. Últimamente, con mucha frecuencia, mi hijo se enoja cuando se siente fuera de la conversación («¡no platiquen!», nos implora), pero ahora nos escucha con atención, como si intentara comprender, desde un punto de vista filosófico, nuestro debate. Quizás no nos escucha. En realidad mira los árboles, quizás eso es lo que intenta comprender o descifrar o absorber: el colorido enigma de unas jacarandas que con la ventolera mueven las ramas como saludando o como pidiendo clemencia. O la atmósfera de esa esquina de generosos malabaristas e inconversables limpiadores de vidrios donde aguardamos con paciencia mientras dura una larguísima luz roja.

–Habla de fútbol femenino, pero sobre todo habla de la violencia, de los intereses económicos de los grandes grupos, de la competitividad absurda de los vatos, de los machos. Puedes meter todo eso desarrollando más las objeciones de Estefanía.

–Anastasia –puntualizo.

–Pero Estefanía es un nombre más bonito.

–Pero se llamaba Anastasia.

–Bueno, haz que Anastasia sea más consistente. No me creo mucho a ese personaje. Hazla más seria.

–Pero si era así. Y me quedó seria, yo encuentro.

–Hazla más seria.

–Es que mi cuento no es tan serio.

–Tu ensayo.

Mi ensayo no es serio. O sí, pienso luego: es muy serio. La tristeza es un asunto muy serio.

Salvo un futbolero tío hípster que suele circular por la ciudad con su camiseta del Barcelona, todos en la familia de mi esposa se declaran fans de los Pumas de la UNAM. Pero me parece que mi hijo capta que son hinchas de cartón. Para ellos el fútbol no es importante ni mucho menos interesante. En cuanto a mi esposa, una mañana, en el patio de su primaria, recibió tres pelotazos consecutivos en plena cara. Asocia el fútbol, desde entonces, únicamente con la posibilidad de recibir pelotazos y por lo mismo se mantiene cautelosamente al margen de nuestras pichangas.

–¿Y ya terminaste tu ensayo? –me pregunta esa misma noche, mientras intenta tocar una canción de Belle & Sebastian en la guitarrita roja de nuestro hijo.

–Falta el final, pero no voy a escribirlo todavía.

–¿Por qué?

–Voy a escribirlo en un par de semanas, cuando sepamos si vamos o no al Mundial de Qatar.

–Ojalá que no vayan, ese lugar es una pinche masacre, es uno de los países más injustos del mundo. ¿México va?

–México siempre va –le digo–. La tiene fácil, la clasificatoria de la Concacaf es...

–¡Pero si Chile nos ganó siete a cero!

–Sí, pero hace como cinco años. Ahora todo ha cambiado –le digo, compungido.

XIV

Escribo estas últimas líneas en el teléfono mientras mi hijo toma su clase de fútbol. Fue idea de su madre, dice que no quiere que el niño vaya por el mundo con miedo perpetuo a las pelotas voladoras. En la clase de hoy hay cinco niñas y tres niños, contando a mi hijo. Por primera vez les permiten jugar sin mascarillas, así que por fin veo sus caras, sus sonrisas plenas, aunque de pronto lucen enternecedoramente concentrados en las instrucciones de una profesora dulce y energética, vestida con la camiseta oficial de los Pumas. Como la clase sigue un sistema de asimilación gradual, por ahora parece cualquier cosa menos una clase de fútbol: juegan a la ronda y al pillarse, saltan adentro y afuera de unos ula-ulas, corren sin orden ni concierto ondeando unas cintas. Hay un par de arcos, pero los usan solo para jugar a guarecerse de una lluvia imaginaria (cuando la lluvia es real, por supuesto, la clase se suspende). La cancha está repleta de pelotas livianas y multicolores, que los niños patean felices, directo a cualquier parte.

Mientras los veo correr y saltar, desentendidos de toda idea de competencia, pienso en el tiempo en que yo asistía a la Escuela de Fútbol de Cobresal, sucursal Maipú, donde me destaqué como uno de los suplentes con menores chances de titularidad. Supongo que los profesores intentaban no destrozar tan tempranamente nuestros sueños, pero no había caso de que me dieran más de dos o tres minutos, y siempre al final de cada partido. Por eso hasta el día de hoy me identifico con los jugadores que ingresan en los descuentos para puro hacer tiempo. Volvía a casa desolado, rumiando en silencio la derrota no del equipo sino solamente mía, y siempre inventaba que me iba bien, que pronto conseguiría ser titular.

Pero esa era otra forma de tristeza futbolística, por supuesto, que da para otro ensayo u otro cuento. En cuanto a la tristeza futbolística de nuestros padres, tan distinta aunque a veces tan similar a la tristeza futbolística de quienes ahora somos padres y por lo tanto asistimos a la recreación constante de nuestra infancia; en cuanto a esa tristeza, digo, tras releer estas páginas, descubro y admito que he sido tremendamente injusto. Lo que nuestros padres sentían al ver ganar al equipo de sus amores no era exactamente alegría, sino una especie de tristeza apenas atenuada. Quiero decir: nuestros padres estaban tristes, claro que sí, todos los minutos de todas las horas de todos los días estaban tristes, y la victoria era apenas una tregua, un paliativo, una cortesía, un engañito; un indicio exiguo que les permitía transitoriamente creer que no todo era tan terrible. Por lo demás, la tristeza futbolística los humanizaba, demostraba que eran falibles e infantiles, como nosotros entonces, como nosotros ahora. Me parece que a eso apunta el doctor D. Zíper con este bello postulado: «Si el fútbol es el problema, la infancia es la solución».

Ah, sí: anoche la Selección chilena quedó nuevamente eliminada de un Mundial. Todo el mundo lo supo, todo el mundo lo sabe. No voy a hablar de eso ahora. No quiero hablar de eso ahora. No quiero hablar de fútbol nunca más.

1

Una vez defendí a mi padre. Físicamente. Una mañana de verano. Un ladrón estaba a punto de patearlo en el
suelo.

—Fue en 1990, ¿cierto?

—¿Estás escribiendo sobre mí? ¿De nuevo? ¡Hasta cuándo! —me dice mi padre.

Desde hace algunos meses mi padre llama a mi hijo
todas las mañanas de sábado y de domingo. Se ha convertido, inesperadamente, en un abuelo presente, a la distancia: él en Chile, nosotros en México, separados por demasiados kilómetros y casi dos años de pandemia.

Silvestre espera esas llamadas. Siempre despierta entre
las seis y las seis y media, y va corriendo a mi pieza, que en
realidad es su pieza, porque en algún momento de la noche se pasa a nuestra cama, que para él es la cama de su
madre y de él, y yo me voy a la suya, que también es, por
lo tanto, un poquito mía.

—¿Ya llamó mi abuelo, papá?

Bostezo con el teléfono en la mano, miro los mensajes, casi siempre hay uno de mi padre que dice «estoy listo». Yo pertenezco a la categoría de los padres que todos los días quisieran dormir una horita más. Mi padre pertenece y siempre perteneció a la categoría de los padres madrugadores. Y encima está en el futuro, por los husos horarios: tres horas en el futuro. Quizás está bien que los padres vivan tres horas en el futuro.

Descorro las cortinas, procuro que entre la luz del día, pero no acaba de amanecer. Mi hijo hace una pila con sus libros y se encarama en ellos para alcanzar el interruptor de la luz mientras parlotea entusiasmado con su abuelo. Aventuran planes inmediatos, perentorios; va a ser una llamada larga e intensa, siempre es así, hablan al menos una hora.

De lunes a viernes intentamos que Silvestre se vista solo, o favorecemos la ficción de que se viste solo, pero los fines de semana, como si estuviéramos a segundos de salir al aire, lo visto rápido yo mismo, bajamos de inmediato a la sala y equilibro el teléfono contra la pared, buscando una toma amplia, como de cámara de seguridad. Preparo café e intento echar a andar de un paraguazo el desayuno mientras ellos hablan, pero a veces el teléfono se cae o mi hijo se sale del encuadre.

–Alejandro, por favor, no veo al niño –reclama mi padre al instante, como un cliente que encuentra un pelo en la sopa.

En realidad, en su tono late la autoridad de siempre, pero con un matiz amable: imagino que sabe que estoy ocupado rebanando una papaya o pendiente de las quesadillas. Me acerco a perfeccionar la comunicación, procedo con rápida pericia, como un *roadie* en mitad de un concierto. A veces aprovecho la pausa para decirle algo, para contarle algo.

176

—No estoy escribiendo sobre usted, papá —le miento.

—¿Por qué no escribes sobre el niño, mejor? Es mucho más entretenido que yo —me dice con toda razón.

—Es que estaba pensando en esa vez, cuando nos asaltaron. Fue en 1990, ¿cierto?

—Sí.

No tuteo a mi padre, nunca lo he hecho. Mi hermana, sí. Durante muchos años no fui consciente de esa diferencia. Pero hay una explicación. En la familia de mi padre todos se tuteaban, mi hermana heredó esa costumbre, pero yo era más apegado a la familia materna, en la que predominaba el *ustedeo*. A veces tratar a mi padre o a mi madre de usted me parece más cálido. Pero no es cierto. Es menos cálido, marca una distancia. Una distancia que existe. Una distancia que cada tanto desaparece y reaparece imprevistamente.

—¿Vas a escribir sobre ese asalto? ¿Una novela entera?

—No, no da para una novela entera.

—Que sea una novela entera, alárgala un poco. ¿Es mi biografía?

—No.

—Yo también voy a escribir tu biografía, vas a ver. Ahí voy a contar toda la verdad.

—¿Y cómo se va a llamar ese libro?

—*Formas de perder a un hijo.*

2

Esa historia de 1990 es sencilla, quizás su única particularidad es que nunca he podido contarla. O sea, la he contado mil veces, pero solo a los amigos, en medio de esas reuniones largas que ahora extraño tanto, cuando todos lanzábamos anécdotas viejas, desordenadamente. Es una historia de sobremesa que tal vez requiere el característico tono risueño, bienhumorado, en que se relatan las anécdotas sin importancia.

Yo tenía quince años y mi padre...

Saco la calculadora. A ver: mi padre nació en 1948, así que esa mañana de 1990 tenía $1990 - 1948 =$ cuarenta y dos años; no, cuarenta y uno, porque fue en febrero y él nació en agosto.

Mi padre, a los cuarenta y uno, habría considerado humillante recurrir a la calculadora para realizar una operación aritmética tan sencilla. Todavía hoy, a los setenta y tres, acertaría la cifra sin vacilaciones, en menos de un segundo. No daría la impresión de haber realizado un cálculo.

Entonces yo tenía quince años –no, catorce, porque fue en febrero, y yo nací en septiembre. Entonces, a los catorce años, ese verano de 1990, yo también habría hecho el cálculo mentalmente.

El tipo iba a patear a mi padre en el suelo, pero yo me interpuse y lo defendí. Le pegué una patada en los cocos al cogotero de los ojos azules.

Esa es la historia, en esencia. Quiero contarla de a poco, como quien revisa cuadro a cuadro una jugada polémica. Como quien decide si la pelota da o no en la mano del defensor. Como quien busca un error de continuidad.

Las veces que intenté este relato lo hice en tercera persona. Casi siempre pruebo en primera y en tercera. Y también en segunda, como mi novela favorita, *Un hombre que duerme*, de Georges Perec. Al final elijo la voz que me suena más natural, que casi nunca es la segunda persona. Hay algo en esta historia, en cualquier caso, que me hizo intentarla solo en tercera. Quizás porque últimamente me he venido reconciliando con la tercera persona. Y es que todo lo que sucede sucede para todos. Desigualmente, pero sucede. Y a pesar de las asimetrías, de las diferencias, cada tanto siento o presiento que también a mí todo lo que me pasa me pasa en tercera persona.

3

Durante esas llamadas mi padre y yo hablamos poco, a veces nada, los interlocutores son ellos, mi padre y mi hijo. Si me entrometo, el niño me incluye, ilusionado, pero si advierte que mi intención es, por así decirlo, informativa —si quiero hablar con mi padre, a la pasada, algún asunto serio–, suele enojarse.

Mi padre y mi hijo proyectan viajes a Marte o a Chile, que por ahora son igualmente improbables. Mezclan el español con una lengua inventada que suena como una especie de ruso con acento alemán. Otras veces el juego consiste en improvisar algo que llaman *una reunión*. Son diálogos rápidos, confusos, divertidos, delirantes. Por momentos el chileno profundo y atropellado de mi padre pierde terreno ante el mexicano prístino de mi hijo. Pero se entienden, siempre. Silvestre junta unos cuantos peluches y mi padre también, porque a lo largo de estos años ha parchado la distancia comprando peluches para darle a su nieto cuando finalmente puedan verse. Mi padre se convierte en el coordinador de un pequeño tropel de osos que parecen perros y de perros que parecen osos. Mi hijo

179

se comporta como el carismático líder de una escuadra de vagabundos espaciales.

–¿Quieres saludar a tu abuela?

–Sí.

Esto sucede solo a veces. Solo a veces mi madre participa de esas llamadas. Y por unos minutos, nada más. Mi madre le dice a mi hijo frases tiernas a destiempo. Él la escucha con vacilante curiosidad. Oír la voz de mi madre, ver su cara, de reojo, me emociona, aunque su protagonismo sea breve, poco más que un cameo, porque ella quiere hablar, no jugar, y la llamada consiste en jugar. De pronto se enoja, supongo que fingidamente, cuando escucha que mi hijo y mi padre inventan los platos del Restorán Sucio: Puré de vómito, Sopa de caca, Limonada de pichí, Pastel de mocos, entre otras muchas opciones que Silvestre celebra apasionadamente.

–Horacio, por favor, para –le dice mi madre.

A veces mi hijo se desentiende de la llamada. Se pone a dibujar, por ejemplo, mientras su abuelo le habla. No abandona el juego, dibujar es parte del juego, y tal vez ignorar a su abuelo también. Incluso cuando mi padre se cansa de insistir, mi hijo sabe que la llamada no ha terminado. Me gusta esa forma absurda y hermosa de compañía, ese silencio poblado de acciones. Durante las últimas semanas, desde que me decidí a escribir este relato, esos son los momentos que he aprovechado para preguntarle a mi padre algunos detalles de esta historia y hasta le he leído algunos fragmentos. Mi padre me escucha con una mezcla de impaciencia e interés verdadero.

4

A mis catorce años, mi padre seguía siendo más alto que yo. Entiendo que se alcanza la estatura definitiva alrededor de los veinte años. En cualquier caso yo era un flaco encorvado y quebradizo, que de seguro no parecía capaz de defender a un padre corpulento, maceteado, deportista. Las manos de mi padre eran y son las de alguien que ha trabajado con las manos. A los siete, a los nueve, a los doce años, mi padre vendía verduras y frutas en la feria de Renca. Sus manos también sirvieron para cortar centros y atajar penales. El cuerpo entero de mi padre ha sido, en general, útil. Y lo habría sido mucho más de no mediar la prematura debilidad de sus ojos.

Quiso hacer el servicio militar, quiso convertirse en carabinero, estuvo a punto de ser el tercer arquero de las divisiones juveniles de Colo-Colo, pero nada de eso resultó, en parte por culpa de sus ojos enfermos. En todas las fotos de su juventud sale con unos lentes poto de botella que le dan a su cara la apariencia de una máscara. Yo heredé una miopía abordable, razonable, incluso operable, aunque nunca consideré seriamente la cirugía (la sola idea de que me intervengan los ojos me aterra). A los catorce años ya me habían recetado anteojos, pero nunca me los ponía, todavía faltaba un tiempo para que llegara a la edad en que salir a la calle sin anteojos se volvió un disparate. Una edad que alcancé hace rato. Aun así, con la miopía y el astigmatismo y la ingrata novedad de la presbicia, mi vista es mejor que la de mi padre a los cuarenta y un años y que la de mi padre a los setenta y tres años.

Cuando se dice de alguien que trabaja con las manos nadie piensa en los escritores. Con razón. Los escritores tenemos manos de pianistas mediocres. Mi padre no es escritor, nunca lo fue, nunca quiso serlo. Nunca le interesó la poesía. Aunque recuerdo una tarde en que escribió un poema.

—No puede ser tan difícil, Chile es país de poetas —dijo.

No recuerdo la cadena de frases que condujeron a esa brillante declaración. Enseguida agarró una servilleta y la pluma que usaba exclusivamente para firmar los cheques, y escribió sin vacilaciones un poema que nos leyó al instante. Lo aplaudimos. Éramos su público cautivo. Un público generoso, indulgente.

5

De manera que esa mañana de 1990 fuimos solos, mi padre y yo, al centro. En el auto, un Peugeot 504. Por la tarde partiríamos de vacaciones a La Serena. Mi padre necesitaba efectivo, más del que podía girar en un cajero automático.

—¿Por qué necesitaba tanto efectivo?

—Porque los maestros iban a pintar la casa mientras estábamos de vacaciones.

—¿Y por qué fuimos al Banco Santander del centro?

—Santiago. En ese tiempo el Banco Santander todavía se llamaba Banco Santiago.

—¿Por qué fuimos al Banco Santander del centro y no a la sucursal de Maipú?

—Yo quería ir al centro, quería comprar algo en esos negocios de Bulnes. Una caña de pescar, algo así.

—¿Por qué, si trabajaba en el centro, no compró la caña o sacó la plata antes de salir de vacaciones?

—¡No me acuerdo! A lo mejor quería que fuéramos

182

juntos al centro. Era el primer día de vacaciones, pero igual quería ir al centro contigo, me gustaba salir contigo. Nuestro viaje, entonces, era innecesario. Mi padre estacionó donde siempre, en Agustinas con San Martín, cerca de su oficina. Fuimos directo al banco, a la sucursal de Bombero Ossa. Mientras él hacía la fila, yo me quedé en un rincón, leyendo. Me sentí mirado o inspeccionado o amenazado, levanté la vista y alcancé a detectar los ojos azules de un hombre joven. Un segundo después el hombre había desaparecido. Mi padre caminó hacia mí contando con tranquila inocencia los billetes que acababa de recibir. No sé cuánto dinero era.

–Cuatrocientos mil pesos –me dice, con seguridad.
–¿Y cuánto es eso, en plata de ahora?
–No tengo idea. ¡Calcúlalo en internet!
Lo calculo en internet, me demoro mucho: mil trescientos dólares, más o menos. En billetes de cinco mil pesos, eso lo recuerdo yo.
–¿Por qué en billetes de cinco lucas si en 1990 ya circulaban los de diez?
–¿Sí? Bueno, no sé, quizás no eran tan frecuentes. Quizás eran billetes demasiado grandes, difíciles de cambiar. Los pintores necesitaban comprar materiales.
No me pareció que el hombre de ojos azules fuera peligroso. No creía en la existencia de cogoteros de ojos azules. Pero igual le advertí a mi padre de un movimiento raro. Y me molestó que fuera tan desaprensivo, que contara los billetes así nomás. Me pasó la mitad de la plata, por si acaso. Me sonrió primero, como aprobando mi cautela, mi buen juicio. A veces, cuando los padres felicitan a sus hijos, más bien se felicitan a sí mismos.

Recuerdo el peso de los billetes en el bolsillo derecho del pantalón. Cuando salíamos del banco le pregunté a mi padre si él creía que hubiera cogoteros de ojos azules. Era una broma, que él no entendió. Algo me dijo, pero no lo recuerdo. Él tampoco lo recuerda.

6

Estábamos en el piso subterráneo del banco, subimos por la escalera automática. Las escaleras automáticas me ponían nervioso. No había sido siempre así, cuando niño me gustaban, las buscaba, las prefería, pero luego me vino el miedo. Estaba demasiado pendiente del momento en que debía levantar un pie y reactivar los pasos lentos antes de acelerar ligeramente. Previsiblemente trastabillé al salir de la escalera y ese movimiento torpe me obligó a mirar atrás y entonces vi que el hombre de ojos azules nos seguía de cerca, junto a otro hombre que no tenía los ojos azules sino oscuros, como yo y como mi padre, aunque se parecían, pensé después; el cogotero de ojos azules y el cogotero de ojos oscuros se parecían mucho, como si fueran hermanos.

Doblamos a la derecha con la intención de ir al Haití, el café con piernas. En un rapto de optimismo, pensé que el peligro acabaría ahí y que, como tantas otras veces, mi padre pediría un espresso y yo un frappé de almendras y que corresponderíamos a las sonrisas obligatorias de esas jóvenes escotadas, de piernas eternas, que tanto me avergonzaba y me gustaba mirar. Pero los cogoteros nos arrinconaron cinco o diez pasos antes de que pudiéramos entrar al Haití. Mi padre decidió hacer algo muy inteligente que a la vez resultaba chocante y ridículo: un escándalo.

184

—¡Ladrones! –gritó, apuntando a los cogoteros.

—¡Ustedes son los ladrones, pungas de mierda! –gritó el de ojos oscuros, señalándonos.

Sonaba creíble, yo mismo lo pensé instantáneamente. Por una milésima de segundo pensé que el acusador sonaba convincente, porque los ladrones eran más blancos que nosotros. O quizás lo que sentí fue el severo escrutinio de las cien o doscientas o quinientas personas que circulaban por el Paseo Ahumada y se fijaban en nosotros, alertadas por los gritos.

Lo más brutal del prejuicio es que si yo hubiera estado entre el gentío quizás también habría pensado que los ladrones éramos nosotros. Por el color de nuestra piel y porque yo andaba mal vestido. Los ladrones lucían jeans de colores extraños, que por entonces eran novedosos, y camisas sport. Yo siempre andaba mal vestido. Una vez al año me daban dinero para comprar ropa y me lo gastaba casi todo en libros, dejaba nada más que unos pesos para atiborrarme de ropa usada, que solía quedarme chica o grande pero no me importaba. Mi padre, por el contrario, invertía en sus atuendos, pero era y es un hombre eminentemente práctico, así que aprovechaba las vacaciones para mandar sus trajes a la tintorería y su ropa de fin de semana estaba ya toda empacada para el viaje a La Serena. En realidad no recuerdo cómo andaba vestido mi padre, tiendo a creer que con buzo y zapatillas, o más bien lo pienso así, lo invento así.

—No recuerdo cómo andaba vestido. Cómo me voy a acordar de eso —me dice ahora.

Sí se acuerda de esta frase:

—¡Me robaste los Ray-Ban, negro culiao!

Eso le dijo el cogotero de ojos azules a mi padre antes de arrancarle de un zarpazo los lentes de sol verdes, modelo Top Gun. Le quedó la marca entre las cejas. Un arañazo.

–¡Yo no soy el ladrón, es un error! –El grito de mi papá me pareció desgarrador y cándido.

Habría sido más fácil y más sensato que arrancáramos, como si efectivamente fuéramos nosotros los cogoteros, pero nos entrampamos en una pelea. No estaba claro quiénes eran los perseguidores y quiénes los perseguidos. En la esquina de Ahumada y Moneda nos tumbaron a combos, me levanté rápido, vi que mi padre seguía en el suelo y gritaba que por favor lo dejaran buscar su lente de contacto, porque el combo le había volado el lente de su ojo derecho...

–El izquierdo.

–Claro.

... porque el combo le había volado el lente de su ojo izquierdo, y entonces fue cuando el cogotero de ojos azules iba a patear a mi padre en el suelo pero yo conseguí pegarle de vuelta un combo raro, como en el cuello, y enseguida una patada en los cocos, y el cogotero azul se retorció de dolor y no sé dónde estaba su presunto hermano –me concentré en mi padre, que seguía a gatas intentando encontrar el lente perdido, pero no pudo agarrarlo porque justo en ese momento un paco lo esposó.

Era un paco de civil, de pelo largo, vestido con una aparatosa chaqueta de cuero. De repente todo había cambiado. Los ladrones habían desaparecido y además del paco de civil había dos carabineros con uniforme oficial que arrestaron a mi padre.

–¡Pacos conchas de su madre, pacos culiaos, se llevan a mi papá, pacos asesinos!

Algo así les grité.

–Yo sabía que todo se iba a aclarar, no tenía miedo, pero te escuchaba garabatear a los pacos y pensaba que te iban a llevar preso a ti y me angustiaba –me dijo mi padre después.

186

Se llevaron a mi padre esposado, yo iba detrás gritándoles a los pacos, de repente aparecieron cuatro o cinco testigos voluntarios y espontáneos.

–El joven tiene razón, el caballero no era el ladrón, yo vi todo –dijo una mujer de unos cincuenta años, vendedora ambulante, con el trapo repleto de mercadería. Era ella la que debía evitar a los policías, pero en ese momento no le importó exponerse y me acompañó hasta la galería donde los pacos interrogaron a mi padre. Y repitió su frase varias veces, con rabia, como si en ello se jugara la vida. Y también me tomó del hombro, me calmó, me dijo que todo se arreglaría.

En un gesto patético y desesperado, mi padre sacó la chequera y les mostró a los pacos sus tarjetas de crédito.

–Cómo creen que voy a andar robando –les dijo.

Los pacos no replicaron nada, se encogieron de hombros y resolvieron todo como un malentendido. Le dijeron, eso sí, que podía hacer una denuncia. Mi padre no quiso.

Vi a la vendedora ambulante perderse entre la gente. Muchas veces después caminé por el centro buscándola, estaba seguro de que podría reconocerla y agradecerle, quizás, comprándole cualquier cosa que vendiera, pero nunca la encontré.

7

–Nunca quise ser carabinero –me aclara mi padre–. Ni cagando. Lo que yo quería era entrar a la Aviación. Pero era imposible, por mi vista.

–Corrijo eso, entonces.

–Y no me acordaba de ese poema que escribí. Pero te olvidaste de hablar de cuando yo recitaba.

187

Es verdad. A veces, en las fiestas familiares, mi padre recitaba o más bien declamaba un poema, siempre el mismo, espantoso.

–No es espantoso. A ti no te gusta, pero no es un poema espantoso. Es cosa de gustos.

Es un poema espantoso, que se llama «El conscripto». En realidad es un tango o una milonga, que mi padre recitaba como un poema. Y nos emocionaba ese poema. Quizás tardé unos años en considerarlo un poema espantoso.

–¿Por qué no quiso hacer la denuncia? –Al cambiar de tema siento que mi pregunta desentona, me suena periodística, policial.

–Porque daba lo mismo, nunca los iban a pillar.

El breve interrogatorio había tenido lugar a diez pasos de la óptica donde mi padre encargaba sus lentes de contacto y yo había elegido esos anteojos que nunca usaba. Dentro de todo, esa coincidencia era un buen augurio, según él. Entramos a la tienda, nos atendió un anciano que saludó a mi padre con el abrazo reservado para los clientes frecuentes.

–No era un anciano, era un hombre mayor. Don Mauricio –puntualiza mi padre–. Pero ya debe estar muerto.

Yo quería contarle a don Mauricio y a todo el mundo lo que había pasado, pero mi padre me apretó la mano cuando iba a comenzar mi relato y dijo nada más que había perdido el lente de su ojo izquierdo y necesitaba una reposición urgente. Don Mauricio prometió tenerla en veinticuatro horas.

Volvimos al Paseo Ahumada, que por unos segundos me pareció un lugar nuevo. Mi padre caminaba rápido, con el ojo indefenso guiñado, pero se apoyaba en mí. No tenía sentido ir al estacionamiento, no podía manejar.

—Devolvámonos en micro —me dijo.

—Tomemos un taxi, mejor.

—Estás loco, un taxi hasta Maipú, dónde la viste.

—Yo invito —le dije.

Me miró sin entender, diez segundos. Recién entonces recordó que yo llevaba la mitad del dinero en el bolsillo. También él conservaba su mitad, no nos habían robado la plata. Solamente esos lentes de sol. Yo mismo detuve el taxi, nos sentamos atrás, abrazados. Entonces recordé otro viaje muy largo en taxi, unos años antes, también abrazados. Mi padre había chocado de frente con un camión. La culpa era del conductor del camión, que iba borracho y contra el tránsito. Hubo un lesionado grave, uno de los mejores amigos de mi padre, que iba en el asiento del copiloto, sin cinturón de seguridad. Un amigo que desde entonces dejó de ser su amigo.

—No es cierto, después seguimos viéndonos —me reclama mi padre, airado.

—Pero ya no fueron amigos, tan amigos.

—Esas cosas pasan.

A pesar de que no era su culpa, como había un lesionado grave mi padre tuvo que pasar una noche en la cárcel. Mi madre, mi hermana y yo lo fuimos a buscar y volvimos los cuatro en el asiento trasero de un taxi, apelotonados en un abrazo permanente. Empezó a hablarnos; sus frases no las recuerdo, pero quería tranquilizarnos, consolarnos, y sin embargo de pronto se largó a llorar, todos nos largamos a llorar. Lloramos el resto del camino.

El Peugeot 404 fue declarado pérdida total y la marca cruzada del cinturón de seguridad persistió en el pecho de mi padre muchísimo tiempo. Luego compró el Peugeot 504 que esa mañana dejamos en el estacionamiento de Agustinas. Durante ese segundo largo trayecto en taxi no lloramos. Creo que al contrario: celebramos las escenas recientes como si hubiéramos, de algún modo, ganado algo. Me dio las gracias muchas veces y durante los meses siguientes le contó la historia a medio mundo, exagerándola un poco, como si yo me hubiera comportado como una especie de Jackie Chan o Bruce Lee.

8

La primera vez que intenté este relato decidí terminarlo con una escena de 1994 o de 1995, cuando ya estaba en la universidad y en medio de una manifestación escapábamos con mis amigos de los pacos.

—¡Pacos conchasdesumadre, pacos culiaos, pacos asesinos!

Recordaba, al gritar, a los pacos llevándose a mi padre. Mi sentimiento era ambiguo, paródico, combativo, emocionante, todo eso al mismo tiempo. Yo gritando contra los pacos y recordando a mi padre, que aparecía como la víctima pero también como el victimario, porque él podría haber sido carabinero, claro que sí, en algún momento había querido serlo.

—Pero si te digo que nunca quise ser paco.

—Pero eso pensaba yo. Cuando gritaba contra los pacos, pensaba que ellos eran como usted.

—También son como tú.

—Puede ser. Podríamos haber sido policías, podríamos haber sido ladrones.

—No, yo nunca le he robado nada a nadie. Y nunca quise ser paco, corrígelo. Dijiste que lo ibas a corregir.

No sé si le hubiera gustado a mi padre verme ahí, gritándoles a los pacos.

—No, no me habría gustado, aunque suponía que andabas en esas.

Ese sentimiento ambiguo nunca desapareció. En cada manifestación, cuando llegaba el momento de gritar contra los pacos, yo recordaba a mi padre y sentía una emoción turbulenta, que volví a experimentar la última vez que estuve en Chile, en 2019, pocos días después del estallido de octubre. Viajé de improviso, solo, vi a mis padres y a mi familia ampliada de queridos amigos. Y con algunos de ellos fui a las manifestaciones. Y al momento de saltar, al momento de gritar *el que no salta es paco*, volví a sentir todo eso. Aunque esta vez además de pensar en mi padre pensaba en mi hijo, o sentía que yo era mi padre y aventuraba un mundo futuro en que mi hijo me protegería y me defendería y me juzgaría.

Veo fotos más o menos de esos días. Hay una en que Silvestre sonríe con mis anteojos puestos. Estaba obsesionado con mis anteojos. Jugaba a quitármelos y corría con ellos a su por entonces lentísima velocidad máxima. Me acuerdo de haber pensado que lo reconocería en la multitud. Quiero decir: miraba la cara nimbada, borrosa, de mi hijo, y me preguntaba si lo reconocería entre la multitud. Y me respondía a mí mismo, quizás para tranquilizarme, que sí.

9

—¿Ya terminaste de preparar el desayuno? —me interrumpe mi padre.

—Está listo —digo.

Nos sentamos a la mesa. También mi padre, que desayunó hace horas, aprovecha para mordisquear la mitad de una marraqueta y tomar más café.

–Ya me pagarás los derechos de autor de todo lo que has escrito sobre mí –me dice–. Silvestre, tu papá está escribiendo un libro sobre mí.

–Yo también escribí un libro sobre mi papá –dice mi hijo.

–¿Y cómo se llama? –pregunta mi padre.

–*Los problemas de Alejandro.*

Mi hijo posterga su quesadilla con chapulines para contarle a mi padre acerca de ese libro. Es la ocurrencia del momento, la ha repetido muchas veces los últimos días, cada vez más consciente de las carcajadas que genera.

Hace unas semanas pasé varios días con fiebre debido a una infección rara y persistente, que no era covid, aunque cada media hora yo pensaba que sí. Una mañana, cuando empezaba a sentirme un poco mejor, Silvestre insistió en quedarse a mi lado, jugando justamente a los exámenes de covid, que hasta el día de hoy es uno de sus juegos recurrentes. Se mete el índice derecho en la nariz y luego lo mira a contraluz, teatralmente, y sentencia «positivo» o «muy positivo» o «negativo» o «muy negativo». Esa mañana, sin motivo aparente, se largó a llorar. Tal vez sintió que lo ignoraba. Le pregunté qué le pasaba, se recostó en mi pecho, pero no me dijo nada. Sentí que era su manera de rogarme que me mejorara de una vez.

Después Jazmina consiguió llevárselo a la sala y fue entonces cuando él habló por primera vez de su proyecto de libro *Los problemas de Alejandro.*

–¿Y de qué se trata tu libro? –le preguntó, muerta de la risa.

–De eso, de los problemas de Alejandro. Alejandro

192

tiene fiebre. Alejandro tiró un vaso de agua en el computador. A Alejandro le dan miedo las ardillas. A Alejandro se le perdieron los anteojos. A Alejandro no le gusta el arroz con leche. Alejandro no encuentra los anteojos porque está sin anteojos. A Alejandro le duele mucho la cabeza. Ahora le cuenta a mi padre la misma historia y agrega algunos capítulos. Mi padre no puede más, casi se ahoga de la risa. Luego me pregunta si es verdad lo del computador. Le digo que sí, le cuento que tuve que comprar otro. Me pregunta cómo andamos de dinero. Antes, cuando me preguntaba eso, le respondía en un tono medio estoico que muy mal, pensando que me giraría de inmediato un poco de plata a cuenta de la herencia. Pero eso nunca sucedió. Así que ahora le respondo, sea o no sea cierto, que está todo bajo control.

—Pero cómo te fue a pasar algo así —dice mi padre, como para sí mismo.

Volcar un vaso de agua sobre el computador, pienso, debe ser para él la cosa más estúpida que a alguien puede pasarle. Pero no me lo dice.

Jazmina se suma a las risas y al desayuno. Luego ella y el niño se van al huerto. Hace unos meses, cuando se convenció de que la pandemia sería eterna, Jazmina empezó un pequeño huerto donde ahora dispone de acelgas, chícharos, cebollas y albahaca. Me quedo cinco minutos conversando con mi padre sobre fútbol. Me dice que tiene que colgar.

—Ya casi lo terminé —le digo.

—¿Qué cosa?

—Lo que estaba escribiendo sobre el asalto. Esos pedacitos que le leí.

Quiero que lea la versión final. Se lo pido con timidez. Pienso que está harto de mis preguntas, pero también siento que no, que quiere participar, que le gusta que recuerde esa historia, esta historia.

–¿Quieres que lo lea ahora mismo? ¿Piensas que no tengo nada que hacer, que no tengo trabajo? Estoy tapado de pega.

–Sí. Me gustaría que lo leyera ahora mismo.

–Bueno –me dice, inesperadamente.

Le mando el archivo, lo abre, pienso que va a leerlo de inmediato, frente a mí; que voy a mirar su cara leyendo durante veinte o treinta minutos. Y hasta me parece que eso sería lo natural. Pero cuelga, porque eso es lo natural.

Espero su lectura, su llamada, estoy irracionalmente nervioso. Ya no fumo, pero siento ganas de fumar uno o dos o todos los cigarros que demore mi papá en leer mi relato. Pero ese sería un nuevo capítulo del libro de mi hijo: Alejandro volvió a fumar.

–Ya lo leí –me dice mi padre, por fin, media hora después.

–¿Le gustó?

–Sí –me responde, sin dudarlo–. Me gustó mucho, hijo. Está divertido.

LECCIONES TARDÍAS DE PESCA CON MOSCA

I

«Vamos a ir a pescar, los dos solos, alguna vez», le dice mi padre a mi hijo. Es un viaje improbable, pero me gusta imaginar que suena un bocinazo y que mi hijo y yo corremos con nuestras pesadas mochilas para subirnos a la camioneta de mi padre –no estoy invitado, pero me encantaría colarme en ese viaje, aunque solo fuera para acarrear el canasto con los sándwiches o abrigar a mi hijo hacia el final de la tarde.

Ningún contratiempo, ningún desafío, ninguna rebeldía le habrían importado realmente a mi padre si yo hubiera sido ese hijo que él quería: uno que, por ejemplo, lo acompañara a pescar, incluso en medio de las turbulencias adolescentes. Ese hijo que no fui por supuesto que luego habría sabido transmitirle a su propio hijo la misma pasión. En nuestra masculina novela familiar, mi padre y yo no viviríamos a siete mil kilómetros de distancia, sino apenas a un par de pueblos. Acaso los viajes a pescar no serían tan frecuentes, pero al menos una vez al año pasaríamos horas confabulando para engañar a los peces.

Mi padre lo intentó, claro que sí. No recuerdo nuestro primer viaje solos, a mis tres o cuatro años, pero él lo ha contado tantas veces que su relato funciona casi como un recuerdo implantado. La mañana del viaje se le ocurrió sentarme en sus rodillas para sacar el auto del garaje –visualizo mis manos pequeñas sobre sus manos enormes sujetando el manubrio del Taunus, e imagino la emoción desbordante que me llevó a preguntarle, ya en la carretera, si por la noche, cuando volviéramos a casa, me dejaría también entrar el auto al garaje. Me lo prometió, satisfecho de que ese nuevo juego me gustara tanto, pero me dediqué todo el camino a confirmar la promesa, y fue tal mi insistencia que después, ya instalados frente a las aguas quietas del lago Peñuelas, me advirtió que si seguía mencionando el tema nunca más me dejaría entrar ni sacar el auto. La amenaza surtió efecto por un rato, pero luego me acerqué a jugar con los peces, que agonizaban amontonados en la orilla, y me puse a inventar decenas de historias acerca de generosos pejerreyes padres que dejaban que sus pejerreyes hijos entraran y sacaran sus autos una y otra vez. Así pasó la tarde entera.

«Para ti no existía la palabra *no*», sentencia mi padre cada vez que cuenta esta historia, que según él ejemplifica que desde niño el rasgo esencial de mi personalidad es la persistencia o la terquedad, aunque en años recientes ha acomodado su interpretación del relato, que presenta como una prueba prematura de mi vocación literaria. Como sea, mi padre dice que para mí no existía la palabra *no* y yo crecí creyendo que para mi padre solamente existía la palabra *no*.

II

Una remota Navidad, el Viejo Pascuero ignoró nuestras cartas y decidió enviarnos unas cañas de pescar, con carretes, hilo, anzuelos y todo. Me parece que el entusiasmo de mi hermana era genuino, aunque quizás se dejaba llevar por la cortesía obligatoria que nos inculcaron en la infancia. Éramos niños que ayudaban a poner la mesa y que saludaban a los adultos y que agradecían los regalos, incluso si el eventual destinatario de nuestra gratitud era un ser abstracto como Santa Claus.

Pero esa noche yo estaba decepcionado y lo dije. En mi carta, redactada con exagerada antelación y despachada en persona en Correos de Chile, creía haber sido bastante claro: quería una bicicross, nada más, pero nada menos. «Tal vez el próximo año», me apaciguó mi madre, con nerviosa dulzura. Fue entonces, claro, a los ocho años, cuando comencé a comprender el sofisticado fraude navideño.

Pasamos esa Nochebuena con los vecinos, aguantando la pataleta de una niña que lloraba a mares porque había recibido una muñeca que no lloraba. Quiero decir: había recibido una muñeca que en teoría debía llorar pero que no lloraba, y a cambio lloraba su dueña. Era un desperfecto técnico, tenía arreglo, decían sus padres, desesperados. Traté de consolarla diciéndole que yo odiaba ir a pescar y sin embargo había recibido una caña de pescar. La niña siguió llorando con una tristeza aún más desgarradora, para solidarizar conmigo.

No es cierto que yo odiara ir a pescar. Prefería ir a la playa, pero igual lo pasaba bien en el tranque Lo Ovalle, frente a Casablanca, que era nuestro destino más habitual; me gustaba en especial el ritual emocionante de clavar en la tierra las estacas de nuestra carpa naranja. Eran siempre dos o tres días que mi madre se dedicaba a escuchar casetes de Adamo y del Puma Rodríguez mientras hojeaba por enésima vez unas revistas *Vea*, a prudente distancia del sol implacable, aunque de vez en cuando se ponía una chupalla y unos enormes lentes oscuros y tomaba el termo con café para sentarse junto a mi padre, que pasaba el día absorto en su afición favorita.

Mi hermana y yo nos acercábamos cada tanto, quizás para comprobar que seguíamos siendo visibles. Mi padre contestaba mis preguntas con una leve sonrisa amable y en un tono distraído, susurrando, como si hubiera olvidado en Santiago su característico vozarrón. Mucho más que el volumen de su voz, me extrañaban su serenidad y su paciencia. Apenas cambiaba de posición: cuando se cansaba de la sillita azul portátil, buscaba asiento en alguna roca. Pero lo más frecuente era que se mantuviera de pie y luego un rato largo en cuclillas y después de nuevo de pie otro rato largo.

Supongo que mi obsesión de entonces no era aburrirme observando a mi padre. Quién sabe cómo eran realmente esos días. Recuerdo que me echaba al sol en la orilla del tranque, con la mano izquierda bien firme en el pecho, hasta conseguir el preciado tatuaje inverso. Y que mi hermana y yo jugábamos con la Andrea, una niña encantadora y hermosa, menor que yo, de labio leporino, que vivía ahí todo el año, porque era hija de Juanito Plaza, el administrador del camping. Con ella nadábamos o remábamos o desafiábamos a las ratas saltando aterrados y felices entre las rocas. También jugábamos a que alguno de nosotros era un extranjero que llegaba en un jeep imaginario y hablaba un lenguaje incomprensible y los demás eran lugareños que le enseñaban el idioma y las costumbres del pueblo. A mi hermana le gustaba hacerme decir garabatos que en ese lugar equivalían a palabras comunes y corrientes. *Huevón*, por ejemplo, significaba, en ese país, *tenga usted muy buenos días.*

III

Mi hermana prefería pescar con hilo mientras que yo me instalaba con la caña a imitar los movimientos de mi padre, cuya templanza de pescador apenas alcanzaba, sin embargo, para tolerar nuestro recital de errores y torpezas. Nos enseñaba sus trucos, procuraba ayudarnos a depurar la técnica y evitaba a toda costa retarnos, pero después de cinco intentos fallidos, que quizás eran veinte (o treinta), su fastidio era notorio. Entonces mi hermana volvía con la Andrea y yo me alejaba subrepticiamente en busca de lugares solitarios donde pescar a mi manera.

Por la noche le mostraba a mi padre los pocos peces que a pesar de mis deficiencias técnicas había conseguido pescar. Él me felicitaba exagerada y cariñosamente.

–¿Por qué no te quedaste conmigo?

–Porque los peces que andaba buscando estaban en otra parte.

Eso le respondí una noche calurosa que pasamos jugando dominó, con las piezas acomodadas en la tierra como soldaditos de plomo.

–Quédate pescando conmigo –solía pedirme–. Y si te aburres te vas a jugar, pero después vuelves.

Una mañana despertamos con la noticia de un cardumen. Partí rajado al tranque con mi caña, era tirar y abrazarse, a veces venían dos relucientes pejerreyes simultáneos en los anzuelos. Estuve dos o tres horas afanado con infantil codicia en ese pozo millonario. Enganchar los gusanos de sangre blanca en los anzuelos y cruzar con un clavo las branquias y los hocicos heridos de unos pejerreyes moribundos para agregarlos al cordel que arrastraba eufórico cuando regresaba a la carpa a paso triunfal: con los años me he vuelto escrupuloso y ahora me cuesta aceptar la repetición numerosa de esas acciones.

Al enterarse del cardumen, mi padre había preferido dedicar la tarde a caminar con mi mamá y a conversar unas cervezas con el papá de la Andrea. Le pregunté por qué justo esa tarde, en que todo era tan fácil, había decidido no pescar.

–Por eso mismo –me respondió–. Porque era demasiado fácil, no tenía gracia.

IV

«Tu padre fue mi padre ese verano», me dice Cristián, un querido amigo de la adolescencia al que perdí de vista hace décadas –acabamos de reencontrarnos, en realidad no nos hemos visto: llevamos unos días intercambiando larguísimos mensajes de voz con la promesa de volver a vernos lo antes posible.

En el tiempo del que habla Cristián, él y yo nos dedicábamos a buscar remedios para el acné, que amenazaba con pareja rudeza su piel rojiza y la mía morena. Cristián se enteró de que era posible combatir las espinillas con máscaras de aloe vera, así que apenas caía la tarde partíamos juntos en busca de alguna planta y luego nos encerrábamos en mi pieza para embadurnarnos las caras con la pulpa. Todo sucedía a escondidas y en la oscuridad, como si compráramos droga.

Fue mi padre quien lo invitó de improviso a veranear con nosotros.

200

—¿Dónde está tu mochila, Cristián? –le preguntó.

—¿Cuál mochila? Mi padre se largó a reír y enseguida llamó a Gina, la mamá de Cristián, para conseguirle permiso, y mi amigo se fue corriendo y volvió a los quince minutos con una urgente mochila de campamento que metimos a la fuerza en el colmado maletero del auto.

—Recuerdo que escuchamos a Simon & Garfunkel todo el camino –me dice Cristián–. Y que tu mamá subía el volumen y a cada rato tu papá lo bajaba. Y que ella manejaba más rápido que tu papá.

—¿Y te acuerdas de los emparedados de mermelada?

—No –me dice Cristián.

Llevábamos unos panes con mermelada de mora para el camino y a mi madre se le había ocurrido llamarlos *emparedados* para que parecieran más apetitosos. Era una de esas bromas casuales que se quedan adheridas a la memoria como si revistieran alguna importancia.

Cinco horas después figurábamos desparramados en el living de una casa helada en La Serena. Siento que debería recordar mejor ese viaje, pero lo simplifico –imagino que pasamos ese par de semanas de febrero jugando paletas en la playa o haciendo durar las ilegales cervezas en una discoteca de Coquimbo mientras especulábamos con romances sensacionales e inminentes. Los recuerdos de Cristián son distintos. Se acuerda, por ejemplo, de que una mañana vimos, entre las rocas de una playa vacía, con mis prismáticos, a dos mujeres bañándose desnudas en el mar.

—No sé cómo pudiste olvidar algo así –me dice Cristián, con razón–. Las diosas del norte, las llamamos.

Esa frase, «las diosas del norte», quizás gatilla en mí el recuerdo, o las ganas de recordar. Los dos recordamos con precisión, en cambio, a mi padre payaseando por las calles

201

de La Serena. El chiste era saludar a cualquier desconocido como si lo conociera de antes; se acercaba efusivamente con exagerados abrazos. Y cuando el desconocido acusaba el equívoco, mi padre se deshacía en disculpas y soltaba su frase triunfal:

—Es que el parecido físico es francamente asombroso.

Con Cristián éramos cómplices de reparto, apenas capaces de aguantar la risa. Cuando ya la broma corría el riesgo de aburrirnos, mi padre se acercó a un niño de unos diez años y lo saludó con especial emoción, fingiendo que se reencontraba con el hijo de su mejor amigo.

—¡No puedo creer lo grande que estás, Pepito Roblero, qué ganas de ver a tu papá!

El niño aclaró, desconcertado, que él no era Pepito Roblero. Mi padre se disculpó, dijo su frase para el bronce, y seguimos matando la tarde con nuestros helados, hasta que quizás media hora después, cerca de La Recova, nos topamos de nuevo con el mismo niño, y mi padre volvió a abalanzarse sobre él para decirle, eufórico:

—¡Pepito Roblero, hace un rato vimos a un niño igual a ti!

No era habitual que mi padre se comportara así, de eso estoy seguro. Pero Cristián me dice que mi padre siempre se comportaba así.

—Era muy simpático. Y muy acogedor conmigo. Muy tallero, muy parecido a ti.

—No creo.

—Bueno, es natural que no quieras creer que te pareces a tu papá. En ese tiempo yo los encontraba iguales. Pero a los padres nunca aprendemos a mirarlos bien. ¿Quién escribió eso?

Reconozco a destiempo una frase escrita por mí. Me alegra descubrir que Cristián leyó un libro mío. Conversamos de eso. Recuerda de memoria algunos de los poemas que yo escribía en la adolescencia. Son poemas malísimos, que me gustaría que olvidara de inmediato. Él discrepa cariñosamente.

–Fuimos varias veces a la plaza, los tres juntos, y tu papá siempre hacía lo mismo.

–¿No fue solamente una vez?

–¡No! Fueron varias veces. Parece que yo debería ser el escritor.

–¡Seguro! ¿Y qué hacían mi mamá y mi hermana? Yo recuerdo que tú y yo estábamos siempre juntos y que mi hermana y mi mamá estaban siempre juntas y que mi padre estaba siempre solo.

–Tu mamá y tu hermana se iban a la playa toda la tarde. Pero yo recuerdo que tú y yo estábamos siempre cerca de tu papá.

–¿En serio? Yo creo que mi papá siempre andaba pescando y que tú y yo caminábamos sin rumbo fijo.

–Sí, pero también fuimos con él a Punta de Choros y a otras playas –dice Cristián.

El ímpetu memorioso de mi amigo despierta en mí la imagen adormecida de la playa inmensa y semivacía de Punta de Choros. Me veo con Cristián taloneando machas en la orilla del mar, cagados de la risa con nuestros rudimentarios pasos de twist, mientras mi padre, con su traje fluorescente de pescador perito, se internaba lentamente en el mar.

–¿Esa fue la playa donde vimos a las diosas del norte? –le pregunto.

–No sé –me dice–. Pero después yo las seguí viendo en todas partes, eran como fantasmas.

–¿En serio?

–No.

V

Un par de años después de ese viaje que recuerda Cristián, un amigo del trabajo invitó a mi padre a Río Pescado, cerca de Puerto Varas, donde descubrió la pesca con mosca, que se convirtió en su pasión principal y quizás definitiva. Todavía vivíamos juntos cuando empezaron a abundar sus viajes al sur para pescar en los ríos Puelo o Baker, y luego él y mi madre pasaron varios veranos en Villa La Angostura, cerca de Bariloche: era un viaje largo en camioneta, con paradas en Temuco y Osorno antes de cruzar a Argentina. Entiendo que en algún momento mi madre intentó sumarse a la fiebre de la pesca con mosca, aunque en esos viajes se dedicaba más bien a leer novelas, una afición para ella nueva que desde entonces nunca abandonó.

Varios años más tarde, durante mis temporadas como crítico literario, cada vez que yo reseñaba negativamente una novela, mi madre iba y la leía y le gustaba. Por supuesto que yo también firmaba reseñas favorables, era de hecho lo más habitual, pero los libros que yo celebraba a ella no parecían interesarle. De cualquier manera, me gustaba escribir en el diario que mi madre leía. Y disfrutaba hablar con ella sobre esos libros, aunque nuestras conversaciones tenían un dejo a reproche amable. («Yo no escribo para los críticos, yo escribo para las mamás de los críticos», dijo una vez el escritor Hernán Rivera Letelier, como adivinando este desajuste del que hablo. Es una frase magnífica, la verdad.)

VI

Con mi padre nunca hablaba de libros, por eso me sorprendió tanto cuando, hace unos diez años, me pasó su ejemplar de *Nada es para siempre*, de Norman Maclean, y me pidió que lo leyera.

—Te va a encantar —me dijo—, es mi libro favorito.

El solo hecho de que mi padre tuviera un libro favorito era, para mí, una novedad que no quise tomar en serio. Por lo demás, ese título me sonaba a autoayuda, igual que la portada, tomada de un fotograma de la película de Robert Redford, aunque eso lo supe meses después, una tarde en que ordenaba las pequeñas torres espontáneas de lecturas pendientes. Recién entonces supe que el título original de la historia de Maclean, y de la película en inglés, era *A River Runs Through It*. Confirmé en internet que *Nada es para siempre* era el título comercial de la película en español y que la crítica consideraba el relato de Maclean un clásico de la literatura estadounidense.

Ni siquiera la certeza de que *A River Runs Through It* era, en teoría, buena literatura, me hizo querer leerla. Recuerdo, eso sí, haber pensado luego, con curiosidad, en ese gesto de mi padre. ¿Por qué, en lugar de regalármelo para un cumpleaños o para Navidad, me había *prestado* su ejemplar? Quizás no era inmune al fetichismo literario; quizás quería que yo pasara por cada una de las páginas y frases y palabras que él había leído y subrayado, porque el libro tenía algunas frases subrayadas, lo que también, en cierto modo, me sorprendió. Más o menos por entonces leí *Cómo llegué a conocer a los peces*, de Ota Pavel, que a mi padre le habría encantado, y *Trout Fishing in America*, de Richard Brautigan, que le habría parecido rarísimo, pero ni siquiera se me ocurrió mencionarle esas lecturas.

Durante un tiempo largo, tal vez dos años, mi padre siguió preguntándome si había leído su libro favorito y yo le contestaba que lo tenía en el velador y que en cualquier momento lo leería, y él volvía a pedirme que por favor se lo cuidara, que no lo perdiera, lo que en cierto modo estaba de más, porque él sabía que yo cuidaba los libros. Yo era el de los libros, al fin y al cabo; yo cuidaba los libros con el mismo esmero con que él conservaba sus tacos de pool y sus sofisticados implementos de pesca, incluidas las moscas que él mismo solía confeccionar celosamente hasta la medianoche, alumbrado por una pequeña y potente lámpara que había instalado en un rincón de su escritorio específicamente para esas noches de obsesiva artesanía.

VII

–¿Puedo pasar? –me dijo mi padre una mañana, por teléfono–. Estoy a cinco minutos de tu casa.

Era un viernes y yo no esperaba su visita. Tomamos café, hablamos un rato no recuerdo de qué. No era habitual tenerlo en casa, me gustó recibirlo.

–En realidad vine a buscar mi libro –dijo cuando en teoría ya se iba.

Empezó él mismo a registrar mis estanterías, como en la adolescencia, cuando se le perdía algo y se metía directamente a mi pieza a revisar mi ropero y yo temía que me encontrara la marihuana o mis diarios de vida. Me sumé a la búsqueda, medio nervioso, pero después de un rato le prometí que luego revisaría bien y le devolvería su libro cuanto antes. Respiré aliviado cuando mi padre se fue.

Esa misma tarde reanudé la búsqueda. Estaba seguro de haber relegado a Maclean a las hileras más próximas al suelo, peligrosamente cerca del montoncito de libros de los que solía cada tanto desprenderme –cuando me invitaban, por ejemplo, a un colegio, yo tomaba libros de ese montoncito y los donaba con algo de culpa, consciente de que no tenía gracia regalar lo que uno desprecia. Con muchísima vergüenza, concluí que sin querer había donado ese libro que mi padre me había pedido tanto que cuidara. Traté de comprarlo, pero era un ejemplar viejo, y de cualquier manera estaba el problema de las frases subrayadas. Tampoco lo busqué tanto, la verdad.

–No lo encontré, papá –tuve que confesarle un par de semanas después, me parece que para un cumpleaños de mi madre–. Pero estoy seguro de que lo tengo. Además que quiero leerlo.

–Si yo sé que no quieres leerlo –me dijo mi padre con inesperada jovialidad, como si el asunto careciera de importancia–. No quieres leerlo porque te lo recomendé yo.

–Al menos podrías decirle que lo leíste, mentirle –intervino mi madre–. Es un libro sobre la pesca, a tu papá le interesa mucho la pesca.

Esa incitación a la mentira era ya lo suficientemente rara, pero la segunda frase lo era aun más, porque desde luego no era necesario que ella me informara sobre el interés de mi padre por la pesca.

–Yo no lo leí, pero la película es muy buena –dijo mi hermana–, es una de las primeras de Brad Pitt.

–El libro es mejor –sentenció mi padre.

–Yo quiero leerlo cuando te lo devuelva mi hermano. Deberías verla, Ale, hasta ganó un Oscar. Pero tú nunca ves las películas que ganan los Oscar.

–A veces las veo –dije–. ¿Vieron *Brokeback Mountain*? Creo que esa ganó un Oscar o varios. Y también es de pesca. Creo que en español se llamaba...

—*Secretos en la montaña...* Claro que sí, Alejandro, todo el mundo vio esa película —me dijo mi padre.

—Buenísima —opinó mi madre.

—¿Y leyeron el cuento de Annie Proulx?

—¿Está basada en un cuento? No sabía —dijo mi padre.

Estábamos en el quincho devorando los restos de un asado. La conversación se perdió unos segundos, como si transitáramos un túnel breve pero lo suficientemente largo como para hacer evidente el silencio. Pero luego volvimos a hablar de *Brokeback Mountain*. Mi padre dijo que eran habituales las bromas entre sus amigos pescadores acerca de esa película. Le pregunté si alguno de esos amigos era homosexual.

—Quién sabe —me respondió—. No que yo sepa.

Como la pregunta no pareció incomodarlo en lo más mínimo, le hablé con altivez de lo mucho que me molestaría saber que él todavía se reía de los homosexuales. Me respondió, enojado, que él jamás se había reído de los homosexuales. Me exigió que le nombrara algún recuerdo mío de su homofobia. Y en realidad nunca le escuché un comentario homofóbico. Tuve que admitir que tenía razón.

—¿Y entonces de qué se ríe con sus amigos pescadores?

—Son bromas, hijo, por favor. No pierdas el sentido del humor. Es lo mejor que tienes.

Mi madre y mi hermana asintieron. Yo tomé la guitarra y me puse a cantar. Con ellos esa siempre ha sido mi estrategia para cambiar de tema.

VIII

—¿Y de verdad no leíste el libro de Maclean —me pregunta Silvia, mi editora, cuando le cuento esta historia.

–No –le confirmo.

Me mira incrédula y hasta diría que decepcionada. Vamos en tren de Madrid a Barcelona, llevamos ya un par de horas hablando entre otras cosas de este ensayo. Se queda callada quizás un par de veloces kilómetros.

–Yo que tú leería ese relato, Alejandro. Es la única manera de que termines ese ensayo.

–Pero quizás es mejor dejarlo abierto, inacabado –le digo.

–¿De verdad no te importa lo que tu padre quería decirte? ¿Todavía te pregunta si leíste ese libro?

–No. Yo creo que asumió que nunca lo voy a leer.

–Y se decepcionó –dice Silvia.

–O se le olvidó –le respondo.

Es el mundo al revés, le digo luego, redundando. Era yo el que leía libros y se los recomendaba. Y él quien se resistía a leerlos.

Silvia baja la voz, o más bien sintoniza el tono o el ritmo para hablarme de recuerdos propios, a los cuatro años, cuando era la única de la familia que acompañaba a su padre a pescar en los ríos de los Pirineos. «Yo me hice pescador por necesidad», solía decir él, que despreciaba las chaquetitas verdes de los advenedizos pescadores deportivos, porque de niño pescaba para comer. Silvia recuerda que en esas excursiones su padre la dejaba sola, sentada en la orilla, momentáneamente concentrada en los pájaros o en el devenir del agua. Luego crecía la sensación de espera y despuntaba la ansiedad, pero igual se sentía a salvo: sabía que su padre volvería en cualquier momento.

–Él ya no recuerda nada de eso –me dice Silvia.

–¿Lo olvidó?

–Lo olvidó todo –me dice–, por el alzhéimer. Tengo que presentarle a mi novio cada vez que nos vemos.

209

–¿Y le gusta para ti? –le pregunto.

–Sí –me dice, con una sonrisa amplia que reconozco, pero que también me parece, de pronto, nueva–. Todas las veces que se lo presento, le gusta.

IX

El último día en Barcelona pregunto sin suerte, en varias librerías, por el libro de Maclean, que en España se llama *El río de la vida*, un título bello y sobrio, publicado hace doce años por una editorial cuyo catálogo me encanta, Libros del Asteroide. Si mi padre me hubiera prestado esa edición, esta historia sería enteramente distinta. Me paraliza pensarlo. Me siento altanero, incómodo, tonto.

El relato de Silvia me hace recordar el último viaje que hice solo con mi padre, a mis diecisiete años, cuando él ya había contraído la afición incurable a la pesca con mosca y yo a la literatura. A esas alturas no nos llevábamos bien y se hacía difícil, tanto para él como para mí, ocultarlo; era un viaje largo y quizás extemporáneo, que acaso respondía al deseo de reencontrarnos, de acercarnos.

Avanzamos de Linares hacia la cordillera hasta que dimos con un lugar propicio para montar nuestra carpa de siempre en las orillas del río Achibueno. Mi padre estudió concienzudamente el paisaje y esperó un rato largo hasta que el sol pegara menos fuerte («las truchas están recién terminando la siesta», dijo en algún momento) antes de perderse río arriba.

Yo me sumergí en no sé qué novelón, aunque interrumpía cada tanto la lectura distraído por la opacidad plateada de los canelos y el espectáculo del cielo diáfano y el agua lenta y cristalina, mientras recordaba esos versos de

Neruda que había descubierto hacía poco: «Debo de hablar del suelo que oscurecen las piedras, / del río que durando se destruye».

De pronto, acaso una hora después, extrañé a mi padre. Fue raro. No es que pensara que se perdería o que corría peligro, pero me vi ahí solo, como un turista despistado, sin siquiera unas zapatillas poderosas para ayudarlo o buscarlo. Fueron unos pocos minutos, enseguida volvió.

–¿Cómo va la cosa?

–Bien –me dijo.

Me mostró la foto que acababa de sacar con su flamante y a la sazón revolucionaria cámara digital. Mi padre sostenía una trucha apenas algo mayor que su mano pero lo más llamativo era su pose seria, hierática. Inmediatamente después de tomarse esa foto –una selfie artesanal, por así decirlo–, mi padre había devuelto la trucha al río; por entonces ya devolvía los peces al agua, ni siquiera se quedaba con el mínimo permitido.

–¿En qué página vas? –me preguntó.

No recuerdo qué le dije. En la 150, por ejemplo.

–Vuelvo como en cuarenta páginas –me dijo entonces graciosamente.

Al atardecer cocinamos unos tallarines y yo seguí enfrascado en el novelón, medio muerto de frío pero alumbrado y también quizás temperado por la luz abundante de una lámpara de camisa. Me fui a dormir muy tarde, desperté ya de día, aterrado por un cerdo enorme que, después de comerse todos nuestros sándwiches, intentaba entrar a la carpa supongo que para comerme a mí. Mi padre, que había salido al amanecer, volvió al rato en busca de un desayuno inexistente. Decidimos quedarnos ahí dosificando unas naranjas y unos panes de molde que por suerte habíamos olvidado en la camioneta.

211

En algún momento de la tarde lo acompañé y le tomé unas fotos. Yo lo había visto ensayar esos lanzamientos tan coreográficos y para mí cómicos de la pesca con mosca, pero no frente a un río, sino en el estrecho antejardín de nuestra casa. Ahora, al verlo equilibrado en unas rocas, entendí mejor la relación entre ese desafío técnico y el afán obsesivo de descifrar el curso de las aguas. Por momentos fui capaz de vislumbrar la escena heroica, romántica. Pensé en esa inmersión súbita, intrusiva, en la naturaleza; en la recuperación del deseo, tantas veces postergado o adormecido, de pertenecer a ese paisaje extraño y cautivador. Y enseguida todo volvió a parecerme pueril: un hombre serio imitando los tentadores movimientos de unos hipotéticos insectos distraídos. La batuta loca de un director de orquesta empeñado en una música inaudible.

Pero lo que mejor entendí fue ese deseo de desafiar al cronómetro. La experiencia de la pesca funcionaba de una forma decididamente similar a la literatura. Ese par de días nuestros lenguajes convivieron; quiero decir: nosotros convivimos, funcionó. Y cuando volvimos a casa y mi madre nos preguntó cómo lo habíamos pasado y ambos respondimos que lo habíamos pasado muy bien, ninguno de los dos mentía.

X

«Tu padre fue mi padre ese verano», vuelve a decirme Cristián, en un nuevo mensaje de voz, como soplándome esa frase importante para que yo siga escribiendo este ensayo que él no sabe que escribo.

Muchas veces mi padre fue el padre de otros, en momentos de aflicción: pedían hablar con él, que los recibía de inmediato, y yo solía escucharlos contarle sus encrucijadas académicas, laborales, profesionales y hasta religiosas. Pero eso pasa a menudo con los padres: se convierten en figuras paternas de todos, excepto de sus hijos. La misma expresión *figura paterna* es más frecuente en plural, mientras que cuando se habla de *figura materna* suele ser para aludir a alguien que ha sustituido a una madre perdida. Y creo que es más bien raro que se hable de *figuras maternas*. Quizás es cierto eso de que *madre hay una sola*, aunque mi propio hijo, que ya conoce a niños con dos madres (y a niños con dos padres), discreparía.

—¿Les diste mis saludos a tus viejos? —me pregunta Cristián.

—Sí —le respondo—, mi papá se alegró mucho de que lo recordaras.

No les he contado, pero miento para obligarme a anular la mentira de inmediato: nada más colgar, llamo a mis padres para hablarles de Cristián.

—Era el más simpático de todos tus amigos —dice mi padre.

Mi madre se asoma al teléfono y asiente, pero no quiere establecer jerarquías. Se acuerdan, los dos, mientras terminan de tomar once, de Hugo, de Mario, de Maricel, de Carla, de Angélica. Se acuerdan de todos.

—Villablanca, ese era el apellido del Cristián, ¿cierto?

—Sí.

—¿Y sigue siendo tan alegre?

—Sí —les respondo, feliz de decir la verdad.

—¡Esa palabra tuya, esa palabra que te gusta tanto! —me dijo mi hijo una tarde, furioso.

—¿Cuál? ¿Qué palabra?

—¡Tú sabes bien qué palabra, porque te gusta mucho, te encanta, le darías besos a esa palabra!

Claro que lo sabía. Yo, el niño que ignoraba la existencia de la palabra *no*, resulta que ahora, según mi hijo, estaba enamorado de ella. Silvestre no había sido un niño tan temerario, pero llevaba semanas encaramándose en los muebles y tratando de trepar los libreros y acababa de descubrir que alcanzaba el cajón de los cuchillos (que, por lo tanto, inmediatamente había dejado de ser el cajón de los cuchillos). No me quedaba más remedio que recurrir a cada rato a la palabra *no*.

En medio de su reclamo me distraje imaginándome a mí mismo a los tres o cuatro años, supongo que con menos palabras que él, aunque, según la versión oficial, igual me alcanzaban para inventarles pasados y futuros a esos pobres peces adictos a los gusanos de tebo. Cuando Silvestre se calmó, o más bien se aburrió de reclamarme, se me hizo tonto redundar en la explicación de siempre, a esas alturas tácita, así que lo tomé en brazos y acaricié su pelo milagrosamente largo o casi largo. (Uno de mis mayores sueños de niño era que me dejaran tener el pelo largo, pero a él le gusta ir a la peluquería, aunque tal vez lo que le gusta es sentarse en el sillín y pedirle al peluquero, con la autoridad de los entendidos: «Como Paul McCartney, el de los Beatles, por favor».)

—Nunca más voy a decirte la palabra *no* —le prometí a mi hijo—. De ahora en adelante, cuando estés en una situación que yo encuentre peligrosa, vamos a reemplazar la palabra *no* por la palabra *ne*.

Le encantó la idea, que misteriosamente funcionó a lo largo de unos meses que a la postre fueron formidables, pues nuestro acuerdo me otorgaba una especie de superpoder; cuando era necesario, yo simplemente me acercaba y le decía en voz sobreactuadamente baja:

–Hijo, *ne.*

Silvestre no solamente me obedecía, sino que lo hacía sonriéndome. Los demás integrantes de la familia seguían usando el tiránico y bíblico *no*, con los pésimos resultados previsibles. El cálido imperio de la palabra *ne* comenzó a desmoronarse, por desgracia, cuando la profesora de Silvestre nos contó que una compañerita le pegaba y que él, en lugar de pedirle o exigirle que no lo hiciera, se acercaba y le decía, con suma amabilidad, *ne*, de manera que la niñita le seguía pegando.

Aún usamos, con Silvestre, la palabra *ne*, de forma humorística, es casi el recuerdo de un lenguaje pasado. O quizás es el mismo lenguaje en permanente transformación, aunque siempre vinculado a la música y a los cuentos y repleto de imitaciones, chistes y trabalenguas. Todavía consigo disimular lo obligatorio mediante pequeños juegos que realzan el carácter aventurero de lavarse los dientes o de bañarse o de vestirse solo. Mucho más me cuesta apurarlo cada mañana para ir al colegio, tal vez porque nunca he logrado yo mismo condescender totalmente al tiempo cronológico, siempre fui de los que preferían quedarse conversando. No le gusta que lo apuren, pero a quién le gusta que lo apuren. Y a quién le gusta que le recuerden todo el tiempo que la vida no es un juego. También nosotros fuimos profesionales del juego; la obsesión de escribir ha sido, para mí, una forma de prolongar el juego hasta sus últimas consecuencias.

Mi hijo duerme y yo me echo a su lado a leer *A River*

215

Runs Through It mientras pienso en la enorme cantidad de películas y de libros y de canciones que en el futuro le recomendaré y que él desdeñará para hacer otra cosa. Me gusta el relato de Maclean. Es un mundo tan familiar y tan ajeno, es decir, tan parecido al mundo que yo simultáneamente habitaba y rechazaba. Esa violencia tan masculina, esa hermandad tan masculina, esa incomunicación tan masculina.

Hay muchos pasajes técnicos acerca de la pesca con mosca y hago el esfuerzo de entenderlos y asimilarlos, como si leyera un manual en la víspera de un viaje. Y claro que veo a mi padre ensayando sus coreografías o en ese rincón suyo del escritorio, empeñado en sus señuelos. Una vez me explicó algo que también se explica en el relato: que al confeccionar el señuelo, la idea no es imitar a los insectos tal como nosotros los vemos, sino como se verían a ras de agua, o más bien tal como los vería un pez desde el agua.

Leo en inglés un libro electrónico, pero a veces me detengo para traducir mentalmente algunas frases e imagino ese libro de bolsillo que mi padre leyó emocionado y que hasta subrayó y que luego quiso compartir conmigo. Y al traducir me dejo llevar por el pensamiento fácil e ilusorio de que traduzco por primera vez a mi padre. «Es un lanzamiento tan ligero y lento que es posible seguirlo como si fuera ceniza saltando de la chimenea», dice Maclean, preparando el terreno para este fragmento: «Una de las sutiles emociones de la vida es alejarse un poco de uno mismo para observar cómo lentamente te conviertes en el autor de algo hermoso, aunque solo sea ceniza flotante». Sí, papá. Eso es, para mí, exactamente, escribir.

«Los poetas hablan de *spots of time*, pero son realmente los pescadores quienes experimentan la eternidad condensada en un instante», escribe Maclean, y enseguida agrega: «Nadie puede saber lo que es un "espacio de tiempo" hasta que súbitamente el mundo entero es un pez y ese pez se ha escapado». Imagino a mi padre leyendo esas frases y pensando en la desgraciada ironía de tener un hijo medio poeta que se mantuvo inmune a la belleza de la pesca.

Aunque millones de lectores han pasado por sus páginas, *A River Runs Through It* es, por un momento, un libro que solamente mi padre y yo conocemos. Estoy seguro de que también él subrayó esta frase: «Las personas con quienes vivimos y a quienes amamos y a quienes deberíamos conocer son justamente las que se nos escapan».

XII

–Por fin leí el libro.

–¿Cuál libro?

–El de la película, *Nada es para siempre.*

–¿El que te presté y nunca me devolviste?

–Sí.

–Yo pensé que se te había perdido.

–No se me perdió. Me lo traje a México. Se lo llevo cuando vaya a Chile.

–¿Me puedes leer la dedicatoria? Es muy linda.

–Es que no lo tengo a mano.

–Anda a buscarlo, te espero.

Busco la dedicatoria en el Kobo, se la traduzco a mi padre, pero me aclara que no se refiere a la dedicatoria del autor, sino a la manuscrita, en la primera página, de sus amigos. Ahora creo recordar que sí había, en la primera página del libro, una dedicatoria manuscrita.

–No la encuentro –le digo, torpemente.

–No la encuentras porque no tienes el libro –me dice, aguantando la risa–. Yo lo tengo.

Comprendo que sabe que miento, pero me cuesta esclarecer la situación, hasta que me confiesa que él mismo tomó del living de mi casa el ejemplar perdido.

De manera que esa mañana en que fue de improviso a mi casa y registró las estanterías, mi padre sí encontró el libro. Solo pudo haber sido esa mañana, pienso. Se lo pregunto, lo confirmo. Le leo algunos pasajes de este mismo relato. Se parte de la risa.

–Fue una pequeña venganza –me dice en el tono exacto de quien confiesa una travesura.

Me río. Recuerdo el diálogo de hace unas páginas, de hace unos días. Presiento que mi madre y mi hermana también sabían de esa pequeña venganza. Le pregunto por qué hizo durar tanto esa broma. Tantos años.

–Porque se me olvidó –dice.

No le creo. Supongo que sí quería darme una lección. O que sí era muy importante para él que yo leyera ese libro.

–Me gustó muchísimo, en todo caso –le digo–. Y siento no haberlo leído a tiempo.

–¡Qué bien! –me dice, con sincero entusiasmo–. Sabía que te iba a gustar. ¿Y viste la película?

–No todavía, pero la voy a ver también.

–No la veas, es mejor el libro.

–¿Y por qué es mejor el libro? –Me siento ridículo de preguntarle algo así.

–Yo vi la película primero, y las imágenes son espectaculares. Pero el libro se siente más real. Los personajes, sobre todo. Uno puede ponerles la cara que quiera a los personajes. El libro se siente más propio. Uno se identifica.

Le cuento que estoy escribiendo sobre esos viajes a

pescar de la infancia. Y sobre esa invitación que le hizo a Silvestre hace un par de semanas.

–Yo siempre supongo que estás escribiendo sobre algo –me dice después de un silencio casi largo–. Todo el tiempo, toda tu vida has estado escribiendo sobre algo, Alejandro. –Lo que dice suena tierno y condescendiente a la vez.

Hablamos de pesca con mosca, no quiero tomar notas, aunque de pronto me parece que mi padre, como un profesor, enfatiza algunas frases para que yo las registre o las recuerde. Me distraigo un poco, pero esos énfasis me reconducen a la conversación.

–Es que nunca dejas de aprender –dice, por ejemplo–. Nunca, ningún pescador con mosca, nunca, ni siquiera el más experto, deja de aprender.

–¿Eso es lo que quería decirme? –le pregunto.

–¿Qué cosa?

–Que nunca dejamos de aprender.

–No te entiendo.

–Cuando me pidió que leyera ese relato.

–Yo creo que tú sabes eso. Eso lo sabemos todos, no es necesario leerlo en un libro.

–Pero yo lo aprendí en los libros.

–No, no lo aprendiste en los libros. Y yo te estaba hablando de la pesca con mosca.

–Pero ¿por qué insistió tanto en que leyera ese libro?

–¡Porque me gustó!

–A mí también.

–Tienes razón –admite luego de unos segundos–. Algo quería decirte. Quería que lo leyeras para decirte algo. Pero fue hace tanto tiempo. Seguro que en estos años ya te lo dije de otra manera.

–Yo lo sé –le digo–. Ahora podemos hablar.

–Siempre hemos podido hablar.

–Ahora hablamos mejor.

–Sí. Oye, tengo que cortarte. Pero antes dime, hijo, ¿quieres que vayamos a pescar con el niño, los tres?

–Pero estamos muy lejos –le respondo sorprendido.

–Pero no tiene que ser ahora mismo. El niño lo va a pasar muy bien. Y les puedo enseñar a pescar a los dos. Puede ser el próximo año, o el subsiguiente, hay tiempo.

–Claro que hay tiempo, papá –le digo–. Vamos.

RECADO PARA MI HIJO

Estás en el sofá, a dos pasos de mí, leyendo solo. Es una costumbre nueva y por ahora esporádica: pronuncias cada sílaba a un ritmo vacilante hasta que consigues formar las palabras, descubrirlas del todo. Después de una o dos frases cabales sueles interrumpir la lectura solitaria para compartir conmigo tus hallazgos. Pero también sucede que sigues de largo y en lugar de hablarme te ríes, o que repites ciertas palabras desconocidas, que son como relámpagos de música candidatos a grabarse en tu memoria.

En voz baja: es curioso que usemos esa expresión metafórica para aludir a la lectura silenciosa. En realidad no existe la lectura silenciosa: la lectura, en sí misma, es portadora de una voz ya incluida en el silencio aparente; una voz que el silencio no consigue destruir. Por ahora tu lectura en voz baja es audible. Y ese murmullo, ese balbuceo, ese gozoso silabeo, a veces suena como un secreto. Claro que sí: leer es recibir secretos, pero también contarse secretos uno mismo.

He pensado antes en esa soledad de la lectura. Tan ruidosa y tan distinta del ruido. Tan silenciosa y tan distinta del silencio. Y está ese otro silencio, más problemáti-

221

co, de quien acompaña a un lector. Los lectores somos en teoría los cómplices ideales de otros lectores, pero a veces queremos o debemos o sentimos que debemos interrumpir la lectura ajena y nos convertimos, aunque sea momentáneamente, en esas personas atroces que nos interrumpían para avisarnos que había que pagar la cuenta de la luz o lavar los platos. En la adolescencia yo usaba los libros como escudos. Eran armas que me permitían construir alrededor un territorio inaccesible. Y recuerdo haber leído, o haber fingido que leía, solamente para impedir que los demás me hablaran.

Estoy en el sillón, a dos pasos de ti, releyendo en voz baja (en silencio) la penúltima versión de este libro mientras te escucho leer en voz baja (murmurando) una novela infantil de Juan Villoro, y por unos segundos dejo crecer la sensación de que las palabras que salen de tu boca son las mismas que yo tengo enfrente. Tardo un poco en imaginar ese día del futuro imperfecto en que leerás este libro. No es la primera vez que lo imagino, por supuesto; he imaginado incesantemente ese día. La idea de que leerás, de que ahora mismo estás leyendo este libro, a veces me provoca una alegría desbordante y otras veces un sentimiento bastante más difícil de definir.

–Quiero dormir contigo hoy día, papá, en la cama de mamá –me dices ahora, mientras intento lavarte los dientes.

–La cama de mamá también es mi cama.

–No, es la cama de mamá.

–¿Y cuál es mi cama?

–Tú no tienes cama –me dices, riendo.

Mi plan nocturno era ver alguna película y quizás hasta quedarme dormido con la tele prendida, como hacía con frecuencia en el Paleolítico, pero no encuentro la manera de negarme a tu petición.

222

—Mírame, papá, me puse la pijama que le gusta a mamá —me dices.

—¿La echas de menos?

—No la echo de menos ni la echo de más, pero me gusta ponerme la pijama que a ella le gusta que me ponga. Extrañas a tu madre y lo resuelves a tu manera. Su ausencia no es frecuente ni inusual, pero este viaje se te ha hecho largo. Me parece que tú también sientes que estos días de familia incompleta son como viajes inversos. Y que cuando tu madre o yo regresamos es como si volviéramos los tres. Anoche, después de pasar cinco días en Buenos Aires, tu madre aterrizó en Santiago. Es la primera vez que cambiamos países. El hecho de que ella esté en Chile refuerza en mí la cálida ilusión de que vivimos allá y de que somos tú y yo quienes andamos acá de viaje para conocer, qué sé yo, las pirámides de Teotihuacán.

Te leo tus cuentos, te canto tus tres o cuatro canciones, hasta que te quedas dormido en la cama de tu madre. Me voy al living a terminar de leer la penúltima versión de este libro. Y vuelvo a pensar en esa persona del futuro que eres ahora mismo, e imagino que lees, que estás leyendo este libro, y que te gusta o te disgusta, que te divierte o te aburre, que te conmueve o te deja indiferente.

«Mi papá nunca habla en serio. Y la única vez que habló en serio, todos se rieron», sueles advertirles a tus amigos. Me gusta pensar que conservaré para siempre la capacidad de hacerte reír.

Ni siquiera estoy seguro de querer que leas este libro. No es necesario, por supuesto. Existe gracias a ti y eres tú su principal destinatario, pero lo escribí, sobre todo, para acompasar, con mis amigos, los misterios de la felicidad. No pasa nada si no lo lees.

«Cuando seas viejo, voy a comprarte la mejor silla de

223

ruedas para que vayamos a pasear», me dijiste cuando acababas de cumplir cuatro años. Yo preferiría contarte cada una de estas historias, mejoradas y aumentadas, algún día de tu juventud que estuvieras lo suficientemente aburrido como para sacarme a pasear en esa espléndida silla de ruedas que me prometiste. Me gusta pensar que este libro es nada más que un guión para esos lentísimos paseos del futuro.

Ciudad de México, 31 de enero de 2023

AGRADECIMIENTOS

La mirada cómplice y solidaria del editor Andrés Braithwaite fue crucial para que este libro fuera encontrando una forma. Me parece que no hay sinónimos, Andrés, para esta palabra: gracias. Agradezco asimismo la compañía permanente y bienhumorada de Silvia Sesé y la generosidad de Megan McDowell, quien tradujo primeras versiones de varios de estos textos, editadas luego por Sheila Glaser, Daniel Gumbiner y Deborah Treisman. También fueron importantes las observaciones de Lorena Bou, Elda Cantú, Lorena Fuentes y Andrea Palet. Mil gracias a Liniers, que tuvo la idea genial de dibujar la biblioteca de mi hijo. Y gracias especiales a Teresa Velázquez y Horacio Zambra, esmerados jardineros del árbol genealógico.

Muchos amigos –los de siempre, más algunos nuevos y otros milagrosamente recuperados– realizaron comentarios valiosos acerca de todo el libro o de alguna de sus partes. Los enlisto aquí en curiosa promiscuidad alfabética: Andrés Anwandter, Sebastián Aracena, Marina Azahua, Felipe Bianchi, Fabrizio Copano, Alejandra Costamagna, Mauricio Durán, Elizabeth Duval, Daniela Escobar, Andrés Florit, Emilio Hinojosa, Luke Ingram, Juanito Mellado, Rodrigo Rojas, Daniel Saldaña, Juan

225

Santander Leal, César Tejeda, Alejandra Torres, Antonia Torres, Miguel Vélez, Vicente Undurraga, Cristián Villablanca e Isabel Zapata.

Jazmina y Silvestre son los verdaderos autores de este libro y llevo ya varias horas intentando una frase racional, de esas con sujeto y predicado, que esté a la altura de mi gratitud, pero tengo que irme justamente porque Silvestre sale del colegio a la una y media —me gusta llegar quince o veinte minutos antes de que abran el portón y él corra a abrazarme como quien vuelve de un larguísimo viaje por desiertos y sabanas.

ÍNDICE